Frisch aus der Feder

Kurzgeschichten querbeet, gewürzt mit Humor

Heike Wiezorek

Dorante Edition

Frisch aus der Feder

Kurzgeschichten querbeet, gewürzt mit Humor

Heike Wiezorek

Ein herzliches Dankeschön gilt meinem Sohn Jan-Patrick für seine Unterstützung. Er ist Autor des Romans „Inrimi". Außerdem bedanke ich mich bei Frau Elke Bockamp, die mich zum Schreiben von Kurzgeschichten animierte und meiner Lektorin Svea Müller, die wieder alle Ungereimtheiten gnadenlos aufdeckte.

Bibliografische Information durch die Deutsche Nationalbibliothek: Die Deutsche Nationalbibliothek verzeichnet diese Publikation in der Deutschen Nationalbibliografie; detaillierte bibliografische Daten sind im Internet über http://dnb.d-nb.de abrufbar.

herausgegeben durch das Literaturpodium, Dorante Edition
Berlin 2020, www.literaturpodium.de
ISBN 9783751949521

Zeichung auf der Vorderseite: Peter Kaufung

Herstellung und Verlag: BoD – Books on Demand, Norderstedt

Plagegeister

Es war am Ende des Sommers 1949. Mein großer Bruder Pit und ich, seine jüngere Schwester Klara, verbrachten die Ferien bei den Großeltern in einem hessischen Dorf. An einem sonnigen Tag erkundeten wir die Umgebung. In einem mit Gras bewachsenen Hohlweg starrten wir auf die obere Kante, wo etwas tiefer reges Leben herrschte.

„Poch, sind das viele!", rief ich aus. In schmalen Gängen, die wir zum Teil einsehen konnten, huschten unzählige Feldmäuse hin und her.

„Ob wir wohl ein paar fangen können?", fragte Pit. Mit einem Stöckchen stach er in einen Gang. Die Maus, die plötzlich stehen bleiben musste, riss er mit der linken Hand an sich. Sie zappelte heftig.

„Hier, Klara, steck sie in deine Hosentasche!", befahl er und wollte sie mir geben. Ich kreischte und wich einen Schritt zurück.

„Das geht nicht! Ich … ich hab Löcher in beiden Taschen", stammelte ich.

„So was Blödes, muss ich immer alles alleine machen?"

Ich schaute nach unten.

Entschlossen stopfte mein Bruder die zappelnde Maus in seine Hosentasche. Mit einer Hand drückte er gegen den Rand, um sie zu verschließen.

„Was willst du denn mit der Maus machen?", fragte ich.

Er starrte mich an, dann rief er: „Hörst du die Kirchturmglocken läuten? Auf geht's! Oma wartet auf uns." Mit diesen Worten rannte er los, ich hinterher.

Wir erreichten Omas Haus. Unten an der Haustür atmeten wir durch.

„Pst", flüsterte er, „ich hol die kleine Holzkiste aus unserem Schlafzimmer."

Etwas später kam Pit damit zurück.

Laut rief ich nach oben: „Oma, wir sind da!"

„Habt ihr auch die Brennnesselspitzen für den Salat mitgebracht?"

Entgeistert sahen wir uns an.

„Mutti macht den Salat immer ohne Brennnesseln und der schmeckt uns prima", antwortete Pit.

Mir zischte er zu: „Öffne den Deckel, schnell!" Aber der klemmte.

„Also habt ihr sie vergessen?", stellte Oma fest. „Kommt bitte sofort rauf, Schuhe ausziehen und Hände waschen!"

In diesem Moment fiel die Kiste. Pit versuchte sie aufzufangen. Er griff mit beiden Händen zu. Pfeilschnell huschte die Maus aus seiner Tasche. Sie raste nach oben, wo Oma am Herd in einem Topf rührte.

Pit eilte hinterher, ich folgte ihm. Zu spät, die Maus lief über Omas Hausschuh nach hinten, wo sie in einem großen Bogen wieder auf Oma zusauste.

„Oh, nein!" Oma fiel der Löffel aus der Hand auf den Herd. Es roch nach Schokoladenpudding, dann nach Verbranntem.

Mit einem riesigen Satz stürzte Oma auf einen Stuhl zu, kletterte hinauf. Leider war der zu schwach für diese Aktion und brach zusammen. Oma fiel mit einem Schrei auf den Boden. Die Maus huschte an ihr vorbei, die Treppen hinunter ins Freie.

Pit und ich blickten auf Oma. Sie hielt sich das rechte Handgelenk, an dem sofort eine Schwellung gewachsen war. Tränen rollten über ihr Gesicht.

Opa eilte aus dem Keller herbei.

„Was ist denn hier passiert? Was ist los?"

„Wir wollten das nicht", schluchzte ich auf.

„Was wolltet ihr nicht? Was habt ihr gemacht?" Er eilte zum Herd. Dort stieß er den angekokelten Löffel in den Puddingtopf. Beides bugsierte er ins Spülbecken. Ein entsetzlicher Gestank breitete sich aus. Er riss ein Fenster auf.

Dann baute er sich vor uns auf. Sein Gesicht lief rot an. Ich versteckte mich hinter meinem Bruder. „Ich weiß nicht", stammelte Pit.

„Es waren nicht die Kinder", Oma stöhnte auf. „Es war eine Maus, die mich erschreckt hat." Sie wischte sich die Tränen ab. „Alfred, wolltest du nicht gestern Mausefallen aufstellen?"

Opa stand da, starrte auf Oma. Zögernd ging er auf sie zu.

„Komm, ich helf dir beim Aufstehen." Er beugte sich zu ihr hinunter.

„Nein, nein, warte, beantworte erst meine Frage. Hast du die Fallen aufgestellt, ja oder nein?"

„Ich weiß nicht", er zögerte, seine Schultern schienen nach unten zu fallen. Er atmete durch, danach forderte er Oma auf: „Zeig mir bitte deinen verletzten Arm."

Oma fuhr hoch. Sie kochte förmlich vor Wut. „Du weißt, wie sehr ich diese Tiere hasse! Warum hast du nicht ...?" Sie konnte die Frage nicht vollständig stellen. Mit einem lauten „Aua!" brach sie erneut in Tränen aus.

Opa strich ihr übers Haar. „Wird schon wieder", tröstete er sie. „Ich helf dir jetzt erst mal in deinen Sessel." Mit barschem Ton wandte er sich an uns.

„Pit, du holst sofort Dr. Thomas. Klara, du bringst ein nasses Handtuch. Wir müssen den Arm kühlen."

„Warum hast du nicht die Fallen aufgestellt?", murmelte Oma.

Dr. Thomas verpasste Oma einen Gipsverband, den sie viele Tage in einer Schlinge tragen musste.

Für Opa ergab sich daraus eine neue Situation: Oma thronte auf ihrem Stuhl und sagte zum Beispiel zu ihm: „Kannst du bitte das Frühstück machen?"

„Ja, klar", antwortete er. Uns Kindern aber erteilte er den Befehl: „Hallo, ihr beiden, Tisch decken!" Bald stellte sich heraus, dass sich Opa oft beim Kartoffelschälen oder Brotschneiden verletzte. Wenn er dann blutete, schrie Oma auf: „Alfred, nicht schon wieder!"

Pit und mich sah er aber mit großen traurigen Augen an und seufzte: „Tut mir das leid, lieber Pit, liebe Klara, nun müsst ihr den Abwasch alleine machen!" Er hielt den von Pit verbundenen Finger hoch.

„Wenn ihr wollt, kann ich euch dabei eine Geschichte vorlesen."

„Ja, super!", schrien Pit und ich wie aus einem Mund.

Oma erhob sofort drohend den Zeigefinger, als sie sagte: „Dass du mir bloß keine Mäusegeschichte oder Ähnliches raussuchst!"

Opa hielt sich daran, ja, er erfreute uns alle mit vielen Streichen von Wilhelm Busch. So gab es mittags bis zum Ferienende in Omas Küche immer ein kleines Fest, wobei das Spülen und Abtrocknen nicht nervte.

Oma schien die Sache mit den Fallen vergessen zu haben, sie tadelte jedenfalls Opa nicht mehr.

Als mir aber später zu Hause eine Maus über den Weg lief, verhielt ich mich genau wie Oma: Ich sprang auf einen Stuhl und schrie fürchterlich.

Pit prustete los: „Wie wär's, soll ich für dich gleich noch ein Mäuschen fangen?"

„Untersteh dich!", protestierte ich. Nach einer kleinen Pause fügte ich selbstbewusst hinzu: „Sonst schreib ich Oma und Opa nämlich, wie es damals wirklich gelaufen ist!"

Lust auf mehr

„Jeder die Hälfte, dann ist er unser", flötete Lars. Sie schlichen um den Wohnwagen herum. Alles schien zu stimmen: die Ausmaße, die Inneneinrichtung, der Preis. Die milde Herbstsonne schien sie außerdem zu beeinflussen. Trotzdem zögerte Klara. „Bist du sicher? Ich meine ... Also, wir kennen uns ja noch nicht lange ..."
In diesem Moment kam die Händlerin auf sie zu. „Tut mir leid, der Wagen ist schon so gut wie verkauft. Am Samstag wird er abgeholt."
Plötzlich reagierten sie wie im Fieber. „Er gefällt uns so gut, er ist quasi unser Traumwagen", sagte Klara. „Ja", sie beugte sich nach vorn, „wir könnten gleich heute einen Kaufvertrag aufsetzen und ..."
Lars nickte Klara zu: „Wir können auch morgen in bar zahlen."
Kurzum, sie erhielten den Wagen.
Im Frühjahr ging es ans Einräumen. Als erstes Ziel suchten sie einen Campingplatz am Obermain aus. Am 1. April starteten sie gegen 8:00 Uhr. Gleich beim Verlassen des Parkplatzes hörten sie ein knirschendes Geräusch. Der Wohnwagen hatte ein parkendes Auto gestreift. „So ein Mist!", schimpfte Lars. Eine halbe Stunde suchte er den Besitzer. Der führte sich gleich wie Rumpelstilzchen auf. Als Lars per Handy die Polizei rufen wollte, beruhigte sich der Mann: „Lassen Sie es gut sein." Er rieb noch einmal über die Stelle. Dann reichte er Lars zur Bestätigung die Hand.
„Das fängt ja gut an", knurrte Lars, als sie endlich starteten. Die ersten Meter durch die engen Straßen mit dem langen Gespann ließen beide tüchtig schwitzen.
Auf der Autobahn begann ein echter Überlebenskampf. Ständig fühlten sie sich bedroht von den riesigen Lkws, die meistens schneller als die erlaubten 80 Stundenkilometer fuhren. Kurz vor ihrem Ziel gab es einen Stau vor einer Baustelle. Lars schaltete sofort das Warnblinklicht ein. Klara schaute zufällig in den Rückspiegel, als ihr total schwindelig wurde. Ein Lkw konnte nicht mehr rechtzeitig

stoppen. Stattdessen raste er laut polternd nach rechts auf einen Parkplatz. Dann hörten sie Bremsen quietschen und plötzlich einen lauten Knall, Metall knirschte, Glas zersplitterte. Sehen konnten sie nichts, denn langsam folgten sie der Autoschlange.

Lars stöhnte auf: „Hast du das gerade mitgekriegt?"

Klara strich über seinen Arm. „Ja, hab ich. Wir haben überlebt. Welch großes Glück für uns ..."

Auf dem Campingplatz angekommen, tauchte die Frage auf: Wie konnten sie den Wohnwagen auf dem zugewiesenen Ort abstellen, ohne rechts oder links jemanden anzustoßen? Klara verließ das Auto, um Lars einzuweisen, aber irgendwie schien der sie nicht zu hören. Er rollte einfach weiter zurück. Verzweifelt schlug sie mit den Händen auf den Wagen und schrie: „Halt!"

Wenigstens das klappte.

Bisher war weit und breit niemand auf dem Platz zu sehen gewesen. Nach Klaras lautem Einsatz stürzten plötzlich ein Mann und eine Frau aus einem Zelt heraus. Sie liefen auf ihren Oldie zu, vor dem der Wohnwagen gestoppt hatte. Klara sah, dass nicht mal mehr eine Zeitung dazwischengepasst hätte.

„Herrgottsdackel, seid ihr zu blöde einzuparken? Gab es euren Führerschein umsonst?", schimpften sie gleich los.

Klara stand da und wäre am liebsten im Boden versunken. „Tut uns leid, wir sind Neulinge, das ist unsere erste Fahrt", stammelte sie.

„Da ist eine Macke!", schrie der Mann und rieb mit dem Finger über die Stelle.

„Nicht schon wieder", stöhnte Klara leise auf.

Lars verließ das Auto und starrte auf das Gespann. Etwas Unheimliches lag in der Luft. Der Mann richtete sich langsam auf und taxierte Lars von oben bis unten mit strengem Gesichtsausdruck. Dann atmete er tief durch. Plötzlich aber grinste er Lars an: „So, so, Anfänger seid ihr. Da müssen wir euch ja mal richtig auf die Sprünge helfen."

Und das taten sie. Mit vereinten Kräften stand der Wohnwagen bald auf dem vorgesehenen Platz.

Die erste Nacht im eigenen Wohnwagen, die hatten sich Klara und Lars sicher anders vorgestellt. Es reichte gerade noch zu einem Gutenachtkuss, ehe sie tief und fest einschliefen. Gegen Mitternacht schreckte Klara hoch, laute Geräusche hatten sie geweckt. Sie lauschte, ein Uhu krächzte wie in einem Krimi auf, wiederholte sich. Enten schnatterten am nahegelegenen Fluss, Frösche quakten laut und in der Ferne schrie ein Kuckuck, wieder und wieder. Klara wälzte sich hin und her, irgendwann fand sie aber doch noch etwas Schlaf.

Am nächsten Morgen roch sie Kaffeeduft. Die Sonne schien durch die Dachluken und Fenster. War das ein Genuss!

„Gut geschlafen?", fragte Lars und überreichte ihr eine dampfende Tasse.

„Ging so. Hast du auch die vielen Geräusche gehört?" Sie schlürfte einen großen Schluck vom herrlichen Gebräu.

„Du meinst den Kuckuck? Der ist immer noch zugange."

Er rückte ein wenig näher. Langsam streichelte er ihr über den Arm, über das Haar.

„Oho", meinte Klara, „Liebe vorm Auf –", zu mehr kam sie nicht. Ein dicker Kuss bedeckte ihren Mund. Kaffee tropfte auf das Bettzeug. Lars nahm ihr die Tasse ab, stellte sie weit weg auf den Boden. Ehe sie sich versah, schlüpfte er unter die Decke. Das war gar nicht so einfach bei einer Bettbreite von 80 Zentimetern. Überall stieß er an. Klara lachte leise auf: „Willkommen zum Einweihungsfest!" und schubste die Decke runter. Die Kaffeetasse kippte um, egal. Lars schien das erst recht anzutörnen. Überall spürte sie seinen Mund, zunächst zärtlich, dann fordernd. Ein leichtes Kribbeln durchzog ihren Körper. Sie wollte mehr und stöhnte gierig auf. Langsam schob er sich über sie. Klara schmolz dahin, als sie seinen Rhythmus spürte. Dann strich sie heftig über seinen Rücken. Genau in diesem Moment gab es einen lauten Knall, der sie erschrocken einhalten ließ: Es war die Schiebetür, die den Schlaf- vom Wohnbereich trennte. Diese hatte sich gelöst und war ins Schloss gesaust. Lars stieß zufällig mit einem Fuß noch dagegen. Bums, das klang wie ein Schlussakkord. Alle Gefühle, die Lust auf mehr, waren plötzlich verschwunden. Sie sahen sich an, dann prusteten sie los.

„Ja, ja, learning by doing, auch wenn's nicht immer auf Anhieb klappt", meinte Lars.

Etwas später hörten sie draußen einige Leute reden. Leicht zerzaust, mit einer Flasche Sekt und Gläsern bewaffnet, traten Klara und Lars zu ihnen hinaus.

„Hallo", sprach Lars sie an, „dürfen wir uns zu euch gesellen und uns vorstellen? Wir sind die Neuen."

Acht Augenpaare sahen sie neugierig an.

„Das ist Klara und ich bin Lars. Wir kommen aus Bochum."

Während Klara Gläser verteilte, hörte sie hinter sich eine Frau flüstern: „So, so, verheiratet sind die bestimmt nicht, vielleicht deshalb so stürmisch?"

Peter, der sie gestern eingewiesen hatte, grinste sie an. Dann hob er sein Glas und meinte: „Willkommen in unserer Runde!" Er prostete ihnen zu, dann fragte er Lars: „Mei, habt ihr nicht bemerkt, dass euer Wohnwagen Schlagseite bekommen hat? Warum wohl, ward's vielleicht etwas wild?"

Plötzlich lachten alle laut los. Nur Klara meinte mit hochrotem Gesicht: „Was haltet ihr davon, wenn ihr uns zeigen würdet, wie der Wagen wieder gerichtet wird? Schließlich haben wir Lust ..."

Als alle wieder losprusteten, fuhr sie stotternd fort: „Ich ... Ich ... meine natürliche Lust darauf, richtige Camper zu werden."

Das Spukhaus

Das Straßenfest im Amselweg war ein voller Erfolg für die meisten Anwohner. Heide und Gerd Frings stellten sich ihren neuen Nachbarn vor.

„Herr und Frau Hansen, Sie sind unsere nächsten Nachbarn. Dürfen wir Sie einmal einladen auf ein Gläschen?"

Frau Hansen drehte sich um zu einem anderen Nachbarn, tat so, als ob sie Heide nicht gehört hätte. Herr Hansens Lächeln war wie weggepustet. Ernst wurde sein Blick. Was hatte das zu bedeuten? Heide schluckte, dann fragte sie ihn direkt: „Gibt es etwas, was mein Mann und ich über unser Haus wissen sollten?"

Herr Hansen blickte auf den Boden, es war, als ob er sich sammeln würde. Dann strafften sich seine Schultern, er sah sie an.

„Ja, also, Ihre Villa, alt ist sie und hat viele Generationen erlebt. Hochherrschaftlich war sie einst, als sie dem Juden Rosenbaum gehörte. Man sagt, es soll ein wenig spuken in Ihrem Haus …" Gerd gesellte sich zu Heide, legte einen Arm um sie.

„Spuken?"

„Na ja, wir wissen alle nicht genau, was wirklich in Ihrer Villa passierte. Tatsache ist, dass Ihre Vorbesitzer, die Meiers, bei Nacht und Nebel das Haus verließen, es weit unter Wert verkauften und in eine andere Stadt zogen."

Herr Hansen trank einen Schluck Bier und strich sich mit dem Handrücken über den Mund. Danach huschte ein Lächeln über sein Gesicht.

„Sie fühlen sich aber wohl in Ihrem Haus?"

Heide konnte diese Frage oder Feststellung nicht einordnen. Sie drückte sich fester an ihren Mann.

„Wenn die Renovierungsarbeiten abgeschlossen sind, wird die Villa für uns ein richtiges Traumhaus sein. Möchten Sie sich das Ergebnis vielleicht einmal ansehen?"

„Lieber nicht!", erwiderte er, danach wandte auch er sich ab.

Kälte beschlich Heide und Gerd. Sie merkten, dass alle sie beobachteten. Sie fühlten sie sich wie hinter einer Glaswand. Niemand davor machte den Versuch, mit ihnen zu reden.

Am Abend stand Gerd auf der obersten Stufe der Trittbrettleiter und versuchte, einen Nagel für ein großes Ölgemälde in die Wand zu schlagen, doch der Nagel rutschte immer ab. Er klopfte mit der Faust gegen die Wand, und merkte gleich, das war kein Mauerwerk.

„Gib mir doch bitte mal das Teppichmesser", bat er seine Frau Metall wurde sichtbar, als er die Tapete an einer Stelle löste. Mit den Fäusten klopfte er die Fläche ab und kam an die Grenze, wo das Metall aufhörte und das Mauerwerk anfing. Genau dort setzte er das Teppichmesser an und legte eine rechteckige Fläche frei. Als er nach unten sah, bemerkte er eine schmale Wulst. Mit dem Schraubenzieher konnte er die freigelegte Tür nach unten klappen. Heide hatte einen Tisch geholt, auf den sie beide kletterten. Sie starrten in die Dunkelheit. Wie Höhlenforscher kamen sie sich vor, als sie mit Taschenlampen leuchteten. Die gegenüberliegende Wand war eng mit schwarzen Buchstaben und Daten beschrieben.

„Das sind Tagebuchaufzeichnungen, eindeutig!", flüsterte Gerd.

„Sieh nur, da oben links: 8.11.1943. *Die Kälte ist grausam …*"

Gerd rückte seine Brille zurecht. Heide schleppte die Ausziehleiter aus dem Garten heran. Sie stellte sie durch die Tür auf den Boden, Gerd kletterte hinab. Er befand sich in einem fensterlosen Raum von circa einem Meter Breite und derselben Länge wie das Wohnzimmer. Alle Wände waren dicht beschrieben. An der Wand unterhalb der Tür las er die Worte: „*4.5.44. Sie haben Kurt geschnappt und verschleppt.*"

Heiß und stickig war der Raum. Schweißperlen traten auf Gerds Stirn. Er schnappte nach Luft. In größter Eile kletterte er wieder ins Wohnzimmer. In diesem Moment fing die alte Standuhr, ein Erbstück von Heides Vater, an zu schlagen. Zehnmal hallte es durch das Zimmer. Heide suchte Schutz bei Gerd. Nach dem letzten Schlag atmeten beide auf. Etwas später knackte und knisterte es um sie herum. Das Haus schien lebendig zu werden.

„Was bedeutet das?", fragte Heide. Gerd dachte an die Heizung.

„Ich geh mal eben in den Heizkeller", murmelte er und lief los. Heide folgte ihm dicht, sie wollte auf keinen Fall alleine dort oben bleiben. Er schaltete das Licht an und prüfte die Armaturen.

„Ich glaube, die Temperatur wird jetzt gedrosselt."

Dann fiel sein Blick auf den Fußboden hinten in der Ecke rechts. Der Estrich zeigte dort Risse wie ein großes schmales Rechteck. Seine Gedanken überschlugen sich, er durfte Heide nichts von dieser Entdeckung sagen. Er drängte sie nach oben. Die Geräusche waren verstummt.

Sie hielten die Uhr an, das Ticken und Schlagen wollten sie nicht mehr hören. Danach lasen sie die Aufzeichnungen ganz. Es handelte sich um eine Familie, Vater, Mutter und zwei Kinder. Kurt, der Vater, war von der Gestapo draußen ergriffen worden, seitdem nie wieder aufgetaucht.

Am 4.5.1945 gab es den Vermerk: *„Übermorgen sollen wir weitergereicht werden. Hier sind wir nicht mehr sicher. Gott möge uns schützen."*

Ruth, Sara und Sebastian hatten unterschrieben. Darunter folgte in großen Buchstaben und unterstrichen der Satz: *„Kapitulation, der Krieg ist vorbei. Ob wir uns wieder raustrauen dürfen?"*

Heide fing an zu zittern. „Hier will ich heute keine Minute länger bleiben! Hol bitte die Koffer, lass uns ein paar Tage an die See fahren und nachdenken!"

Gerd eilte auf den Dachboden. Da standen ihre Koffer. Sein Blick glitt nach oben zum Giebel. In der Mitte war in den dicken Balken ein großer Metallhaken mit Öse gedreht. Durch die Öffnung hing ein kurzes, kräftiges Seil herab. Schnell griff er zwei Koffer und eilte nach unten.

Im Nachbarhaus schreckte Herr Hansen aus tiefem Schlaf hoch, als die Autotür der Frings zuknallte. Er sah und hörte gerade noch, wie sie den Hof mit quietschenden Reifen verließen.

„Das war's", sagte er zu seiner Frau, die zu ihm an das Fester trat.

„Sie sind fort, wie die Meiers, mitten in der Nacht."

Ratlosigkeit herrschte bei den Nachbarn – doch ein Spukhaus im 21. Jahrhundert?

Zwei Tage später fuhren Heide und Gerd Frings wieder auf den Hof. Drei schwere Limousinen folgten ihnen. Eine Gruppe von fünf Männern, in eleganten, schwarzen Anzügen gekleidet und mit schwarzen Hüten, betrat nach ihnen das Haus. Herr Hansen nahm eine Plastikflasche und ölte die Scharniere des Gartentors. Sein Blick schweifte nach drüben. Heide kam aus der Tür, direkt auf ihn zu.

„Na, Herr Hansen, wie geht es Ihnen?"

Er blickte auf und grüßte. „Tag, Frau Frings."

„Sie hatten gar nicht so Unrecht mit Ihrer Bemerkung, dass es in unserem Haus spukt. Deswegen ziehen wir auch wieder weg. Halten Sie schön Ihre Fenster und Türen geschlossen, vielleicht knistert es sonst demnächst auch bei Ihnen. Mit der Ruhe im Amselweg wird es vorbei sein, unsere Villa wird nämlich ein richtiges Museum.

Viele Grüße an Ihre Frau und an die liebe Nachbarschaft."

Sie ließ ihn stehen und verschwand im Haus.

Eigentlich

Nach einem anstrengenden Tag saß Susi in der Bar neben ihrem Modegeschäft. Mit einem Glas Wein wollte sie einfach nur abschalten. Plötzlich stand jemand vor ihrem Tisch. Sie sah auf.

„Hi, Susi, das ist ja eine Überraschung! Wie geht es dir? Darf ich mich kurz zu dir setzen?"

Susi zuckte zusammen. Sie erkannte Peter, ihren Exfreund aus der Schulzeit. Sie zögerte einen Moment.

„Hi, Peter. Äh, ja, gut geht's mir ... Dir offensichtlich auch?"

Ehe sie sich versah, saß er ihr schon mit einem Glas Wein gegenüber.

„Lass uns anstoßen auf dieses Wiedersehen. Wir hatten doch eine verdammt gute Zeit miteinander, nicht wahr? Mir wurde das erst später bewusst." Er prostete er ihr zu.

„Weißt du noch, wie wir zusammenkamen?", fragte er.

Sie zögerte einen Moment, strich sich eine Haarsträhne aus dem Gesicht. Dann aber überwand sie sich, ja, es sprudelte förmlich aus ihr heraus: „Klar, das war Ende der zwölften Klasse beim Schwimmunterricht. Ich hab mich schwarz geärgert, weil Claudia wieder schneller geschwommen war als ich. Außerdem hab ich noch meinen Talisman, ein Silberkettchen, im Wasser verloren. Wütend rannte ich in die Umkleidekabine. Als ich wieder rauskam, zeigtest du mir mein Kettchen. Erst nach einem Kuss hab ich es erhalten."

„Richtig", Peter lächelte, „allerdings lief das nicht ganz so einfach. Der dicke Tom hat es rausgefischt. Zwei Schachteln Zigaretten hat mich der Tausch gekostet und eine Runde Bier für die Jungs, damit sie dichthielten. Ich wollte nämlich etwas mit dir anfangen." Er grinste.

„Ah, so lief der Hase. Übrigens, dieser Kuss damals hat mich total aus dem Gleichgewicht gebracht, ebenso unser erster Sex."

Peter schmunzelte. „Gelernt ist gelernt."

„Wie meinst du das?"

Er zögerte einen Moment. „Du erinnerst dich sicher an die Frau vom Lehrer Krause? Die war echt ein steiler Zahn. Einen meiner Freunde nach dem anderen hat sie in ihrem Schlafzimmer vernascht, während ihr Mann irgendwo an Tagungen teilnahm. Nur den dicken Tom hat sie ausgelassen."

„So, so, die Frau Krause. War die nicht zu alt für euch?"

„Alter spielt im Bett doch kaum eine Rolle. Mir aber ausgerechnet musste es passieren. Beim zweiten Treffen, gerade als wir voll in Ekstase waren, stand plötzlich ihr Mann im Raum. Er schrie wie ein Wahnsinniger. Wir sind auseinandergefahren und ich bin nackig aus dem Zimmer geflohen. An meine Sachen kam ich nicht mehr. Im Vorbeieilen hab ich einen Mantel von ihrer Garderobe gerissen und in den bin ich hineingeschlüpft. Barfuß bin ich dann durch die Straßen nach Hause gelaufen."

Peter lachte kurz auf. „Stell dir vor, der dicke Tom kam mir an einer Kreuzung entgegen. Er hielt einen Pizzakarton in der Hand. Als er mich erkannte, ließ er ihn vor Schreck fallen. Noch heute hör ich ihn schimpfen, dann prustete er los: ‚Das werde ich gleich den Jungs erzählen, wie du hier rumläufst!'

Sofort drehte ich mich um und es gelang mir, ihn zu besänftigen. Eine Pizza und eine Stange Zigaretten waren der Preis."

Eine Lachträne rann über Susis Gesicht. „Deshalb gab es den Krause nicht mehr nach den Sommerferien?"

„Richtig, er wurde versetzt. Von seiner Frau hat er sich getrennt. Man munkelte, ihr Ding war nur die Liebe. Für normales Arbeiten hatte sie offensichtlich an jeder Hand fünf Daumen."

„Ein Jahr waren wir ein Herz und eine Seele", sinnierte Susi. „Wir haben fürs Abi gepaukt, hatten super Sex und waren richtig gute Freunde. Kurzum, alles lief rund. Bis irgendwann das Aus kam." Susi sah Peter groß an. „Weißt du noch, wie das passieren konnte?"

Peter rutschte auf seinem Stuhl hin und her. „Das ist mir jetzt ein wenig peinlich. Meine Eltern und deine Freundin Natali waren mit Schuld daran. Natali lief mir nach. Sie wollte unbedingt mit mir zusammen sein. Hast du das nicht bemerkt?"

„Natali? Das kann nicht wahr sein! Meine beste Freundin?"

Er hob die Schultern. „Sie ist eines Tages einfach bei meinen Eltern aufgetaucht, kurz nachdem wir beide zum Schwimmen gefahren waren. Sie stellte sich als meine neue Freundin vor und wollte mich abholen, mit ihrer Isetta, versteht sich. Etwas später riefen Nadine und Eva aus der Parallelklasse an. Sie taten so, als ob ich mit ihnen verabredet wäre, und fragten, wo ich bliebe. Da sahen meine Eltern rot. An dem Abend nannten sie mir ihr Ultimatum: Nur, wenn ich alle weiblichen Verbindungen aufgäbe, würde ich einen VW fürs Abi bekommen und außerdem eine satte monatliche Zahlung fürs Studium. Ich saß in der Falle, verstehst du? Doch etwas später wurdest du plötzlich zickig. Ständig hast du an mir herumgemäkelt."

Susi grinste. „Das stimmt, ich kam mir selbst oft sehr gemein vor. Der Grund hieß einfach ‚Karsten'."

„Karsten?"

„Er war ein Freund meines ältesten Bruders. Als ich ihn zum ersten Mal gesehen hab, spürte ich sofort ein seltsames Kribbeln im Bauch. Ihm ging es wohl ähnlich und so landeten wir am gleichen Abend in der Kiste. Danach erschien mir alles plötzlich wie Kinderkram, du und unsere Liebe, die Jungs, die Schule, das Abi. Es war nur eine Frage der Zeit, wann ich es dir sagen wollte. Doch dann hab ich von Tom den Brief erhalten, in dem er von dir und deinen Weibergeschichten geschrieben hat, damit war der Fall klar."

Ein Gedanke durchfuhr sie. „Sag mal, wie viel musstest eigentlich du für Toms Zeilen blechen?"

Peter verzog sein Gesicht zu einer Grimasse.

„Ganze 75 Euro"

„Da hast du ja richtig geblutet!" Susi machte große Augen.

Sie lachten auf.

„Mit dem Wissen von heute hätten wir eigentlich als Freunde auseinandergehen können, nicht wahr?", stellte Peter fest. „Vielleicht ..."

Sie konnte es kaum glauben, da war wieder dieses Glitzern in seinen Augen, wie damals.

Energisch riss sie ihr Glas hoch und prostete ihm zu. „Auf unsere Jugend!"

Nach einer kleinen Pause fragte Susi: „Was machst du eigentlich beruflich?"

Peter griff in seine Jackentasche und überreichte ihr seine Visitenkarte.

„Ich habe eine Begleitagentur gegründet. Ich vermittle Damen oder Herren als Hostessen an Geschäftsleute, die das Ruhrgebiet besuchen. Das läuft super."

„Und was macht Tom? Habt ihr noch Kontakt?"

„Tom ist mit in meine Firma eingestiegen, quasi als Finanzminister, denn mit Geld umgehen, das kann er super. Äußerlich hat er sich sehr verändert, ja, er sieht richtig sportlich und cool aus. Zusammen sind wir ein starkes Team."

Zögernd holte er ein Foto aus seiner Brieftasche und reichte es ihr. Sofort erkannte Susi an der Art, wie Peter Tom ansah, dass die zwei auch privat ein starkes Team waren. Außerdem trugen sie die gleichen Ringe.

In diesem Moment ging Susis Handy. Sie schaute kurz aufs Display.

„Das glaub ich jetzt nicht!", rief sie aus, „Natali ist dran. Wir wollen uns nämlich heute Abend beim Italiener treffen und über alte Zeiten plaudern. Na, der werd ich es zeigen, meinen Freund ausspannen!" Ihre Augen blitzten.

Ein echter Kotzbrocken

„Sieh mal, dort steht ein Möbelwagen vor dem Haus schräg gegenüber. Ob da wohl eine Familie mit Kindern einzieht?"
Ich stand mit meinen beiden Söhnen Kay, zehn Jahre alt, und Jan,
acht, am Fenster und wir schauten zu, wie Packer den Lkw entlu-
den. Zur dritten Etage schleppten sie ein Teil nach dem anderen
hinauf. Ein Paar mittleren Alters betrat das Haus.
„Mir ist langweilig, lass uns Fußball spielen", schlug Kay vor. Sie
eilten nach draußen. Kurze Zeit später jagten die zwei mit ihren
Freunden vor unserer Haustür dem Ball nach. Ich verschwand in
die Küche, um das Abendbrot vorzubereiten. Als ich einen Knall
hörte, lief ich wieder zum Fenster.
Hatten die Kinder etwas zerstört?
Nein, Scherben gab es nicht. In diesem Moment kam der Mann
aus dem Haus gestürmt. Wie ein Giftzwerg stand er da. Mit hochrotem Gesicht, die Arme in die Hüften gestemmt, schrie er: „Hört
sofort mit dem Rumpöhlen hier auf. Haut ab oder ich nehm euch
den Ball ab!" Er ging auf Jan zu, der sofort mit dem Ball davon-
lief. Die anderen rasten hinterher. „Verdammte Blagen!", rief der
Mann, bevor er wieder ins Haus verschwand.

Später beim Essen sagte Kay: „Der Kerl ist richtig doof. Er wollte
nicht, dass wir vor unserem Haus spielen. Dabei machen wir das
doch immer so."
„Außerdem sieht der echt blöd aus mit seiner Glatze und dem
dicken Bauch", stellte Jan fest.
„Habt ihr den Möbelwagen getroffen?", fragte ich und sah dabei
meine Jungs scharf an.
„Vielleicht ... Ich weiß nicht so genau ...", stammelte Jan. „Jedenfalls mag ich den Kerl nicht."
„Er ist ein Kotzbrocken", stimmte Kay ihm zu und nickte.
Woher hatte er wohl diesen Ausdruck? Ich musste trotzdem grinsen.

Tage später traf ich das neue Paar im Supermarkt beim Einkaufen. Ich trat auf sie zu und wollte mich als Nachbarin vorstellen.

Er taxierte mich von oben bis unten. Mir war, als ob eine Welle von Hass und Verachtung über mich hinwegschwappte. Sekunden vergingen, bis ihn seine Frau am Ärmel wegzog. „Da drüben ist das Obst, komm, wir suchen die Äpfel."

Entgeistert blickte ich ihnen nach. Dann hörte ich ihn schimpfen: „Was wollte die alte Schnepfe? Das ist doch die Frau von gegenüber! Die mit den beiden frechen Blagen."

„Ist schon gut, Adolf", antwortete die Frau.

War das ein Paar! Beide wirkten klein und gedrungen. Auf seiner Glatze spiegelte sich das Neonlicht. Ihr Haar war schwarz gefärbt mit einem breiten grauen Ansatz.

Als sie an der Kasse zahlen wollten, schrie er sie an:

„Bring sofort die Süßigkeiten zurück! Du weißt doch, dass als Taxifahrer das Geld für so was nicht reicht."

Sie nahm die Waren und drehte sich um. „Aber für Schnaps ist genügend da …", antwortete sie laut, als sie sich etwas von ihm entfernt hatte.

In diesem Sommer blieben meine Fenster oft zu. Ich konnte das Gezanke von gegenüber einfach nicht ertragen. Ja, „Kotzbrocken" traf auf diesen Mann wirklich zu.

Eines Abends hielt ein Taxi vor unserer Haustür. Es regnete stark. Der Motor lief. Plötzlich gab es einen lauten Knall, als ob etwas auf das Dach gefallen wäre. Ich eilte ans Fenster und sah, wie der Nachbar und der Fahrer aus dem Wagen sprangen. Suchend und fluchend liefen sie um das Fahrzeug, fanden aber nichts. Schnell flüchteten sie vor dem Regen wieder ins Auto. Etwas später knallte es erneut. Sofort stürzte der Nachbar aus dem Wagen.

„Es ist nichts zu sehen, fahr los, August!"

Die Autotür fiel laut ins Schloss, der Nachbar verschwand wild um sich blickend ins Haus.

Aus dem Kinderzimmer hörte ich leises Lachen.

„Hast du gesehen, wie erschrocken die waren?", fragte Kay.

„Denen haben wir es aber gegeben!"

„Lasst das Licht aus!", befahl ich den beiden, als ich das Zimmer betrat. „Was ist hier los?"

„Wir haben nur etwas Wasser aufs Dach gekippt, gut, nicht wahr?"

Ich lachte zunächst mit. Dann aber mussten sie mir versprechen, so was nicht wieder zu tun.

Im Supermarkt sah ich eines Tages wieder das Paar. Irgendwie wirkte der Mann verändert. Zwar leuchtete seine Glatze wie damals im Neonlicht, doch sein Outfit strahlte etwas Elegantes aus. Die Frau wuselte um ihn herum: „Möchtest du die Schokolade essen oder lieber die Kekse?"

Er lächelte sie an: „Nimm, was dir gefällt!"

Sie trat auf ihn zu und gab ihm einen flüchtigen Kuss.

Als sie mich sah, grüßte sie mich freudig: „Hallo, Frau Nachbarin!

Ihm erklärte sie: „Du weißt doch, die Frau von gegenüber", was mich noch mehr erstaunte.

Seitdem hörte man weder Gezänk aus dem Nachbarhaus noch hielten Taxis vor der Tür. Auf der Straße sah man sie Arm in Arm gehen, was sogar meinen Jungs auffiel.

Auch die anderen Nachbarn registrierten die Wandlung mit größtem Erstaunen.

Eines Nachts wurde ich von lautem Motorengeräusch wach. Ich trat ans Fenster und sah, wie der „Kotzbrocken" aus einem Taxi stieg. Er blickte zu seiner Wohnung rauf.

„Bis morgen, Klaus", sagte er und schlug die Tür zu. Das Auto fuhr los.

Dann schellte er und rief nach oben: „Mach auf, Annelore, dein Adolf ist da!"

Nichts passierte. Er drückte wieder und wieder auf die Schelle, dabei schrie er ihren Namen.

Fenster öffneten sich. „Gib Ruhe!", ertönte es.

Er zog sein Handy raus und wählte eine Nummer, anscheinend jedoch ohne Erfolg.

Die Hausbesitzerin im ersten Stock schaute auf ihn herab: „Was soll das, Herr Waldmann? Was wollen Sie hier? Sie sind doch gestern mit Ihrer Frau nach Irland gefahren."

„Wie bitte? Unmöglich, ich war doch im –", hier hielt er plötzlich inne.

„Ja, und die Wohnung haben Sie auch gekündigt, schon vergessen?"

Bei diesen Worten trat er einen Schritt zurück. „Das darf doch wohl nicht wahr sein ... Das muss ein Missverständnis sein."

„Missverständnis? Ich hab doch Ihre Unterschrift." Sie schüttelte den Kopf und mit Nachdruck schloss sie das Fenster.

Am nächsten Morgen trat ich auf zwei Nachbarinnen zu, die sich über den Taxifahrer unterhielten.

„Ich glaub, den Kerl sind wir endlich los. Während der im Knast saß, tauchte doch sein Zwillingsbruder bei seiner Frau auf. Das war ein wirklich netter Mann, nicht wahr?"

„Ja", sagte die andere Nachbarin, „das Beste aber ist, dass sie zusammen abgetaucht sind."

„Wie bitte?", fragte ich und sah beide mit großen Augen an.

„Ja, genau, richtig gehört." Beide grinsten mich an.

„Und die Möbel haben sie auch mitgenommen."

Ein Tag in Holland

Lars und ich sind begeisterte Radfahrer. Für Reisen mit dem Wohnwagen haben wir uns E-Klappfahrräder angeschafft, die man mit wenigen Handgriffen im Kofferraum verstauen kann. In diesem Jahr planen wir einen Urlaub an der holländischen Küste.

„Wie wär's denn, wenn wir einen Tag in Katwijk und Umgebung verbringen, zur Probe quasi? Das ist doch nicht weit weg von hier, nicht mal 250 Kilometer", schlägt Lars vor.

„Super, ich bin dabei!"

Gleich am nächsten Tag geht es um 7:00 Uhr los. Nach zweieinhalb Stunden sind wir auf dem Campingplatz „Noordduinen" bei Katwijk, den wir uns wegen der Nähe zum Meer ausgesucht haben.

„Schau mal, hier gibt es alles!", zähle ich begeistert auf: „Stellplätze für uns. Und wenn die Kinder uns besuchen wollen, können sie zelten oder in einem Ferienhaus wohnen."

Wir gehen mit einem Plan über den Platz. In der äußersten Ecke führt ein Dünenweg zum Meer.

„Oh, es ist Flut. Sieh mal, wie hoch die Wellen sind!"

Trotz Sonnenschein ist die Luft sehr kühl, die „steife Brise" lässt mich frösteln.

Lars aber befreit sich blitzschnell von Schuhen und Strümpfen und läuft zum Wasser. Ist der mutig!

Etwas später holen wir die Räder aus dem Kofferraum. Ruckzuck sind sie fahrbereit. Wie immer hat Lars Ziele ausgearbeitet.

„Wir fahren zuerst nach Nordwijk, das sind circa drei Kilometer", er zeigt die Route auf der Karte. „Danach möchte ich nach Leiden, das liegt im Süden, circa zwölf Kilometer entfernt. Anschließend können wir über Katwijk hierher zurückkommen. Die Gesamtstrecke beträgt ungefähr dreißig Kilometer."

„Prima, auf geht's!", rufe ich ihm zu.

Wir starten auf dem bestens ausgebauten Dünenweg und sind total begeistert: Er ist breit, asphaltiert, es geht bergauf, bergab und um viele Kurven. Die hellgelben Dünen sind mit Strandhafer und roter Erika bewachsen. Zwischendurch radeln wir an kleinen klaren Seen vorbei, an denen weiß und gelb blühende Sträucher und Birken stehen. Wellenförmig kommen uns Blütendüfte entgegen. Ich entdecke den ersten Schmetterling, einen Zitronenfalter.

Vor Freude stimme ich an: „Im Frühtau zu Berge ...“

Der auffrischende Wind kann uns nicht viel anhaben. Wir schalten einfach mehr Energie dazu.

Aber plötzlich macht sich über uns eine dunkle Wolke breit und es wird merklich kühler.

„Verdammt!“, rufe ich Lars zu, „wir haben die Regenklamotten nicht mit!“ Da fallen auch schon die ersten Tropfen. Unterstellmöglichkeiten gibt es nicht.

„Gib Gas, da vorne tauchen die ersten Häuser von Nordwijk auf!“

Kurze Zeit später erreichen wir klitschenass die Promenade. Wir düsen auf einem Plattenweg zum Strand runter und stürmen in einen Pavillon. Wärme und leckere Düfte von Kaffee und Waffeln umgeben uns. An einem Tisch mit Blick auf das Wasser nehmen wir Platz. Heißer ‚thee met rum‘ und ‚appeltaart met slagroom‘ helfen uns, die Kälte zu überwinden. Draußen wird es allmählich wieder heller. Da taucht ein junges Paar am Strand auf, beide tragen Badekleidung und Handtücher.

„Ob die wohl wirklich schwimmen wollen?“, frage ich.

Sie gehen auf das Wasser zu, lassen die Handtücher fallen, dann laufen sie Hand in Hand auf das Meer zu. Kurz vorher will die Frau stehen bleiben, aber da werden sie schon von den Wellen gepackt. Etwas später tauchen beide auf und kämpfen sich zurück zum Strand.

„Echt irre, bei der Kälte“, Lars schüttelt sich.

Inzwischen lässt sich die Sonne wieder blicken, es ist, als ob nichts gewesen wäre. Aus allen Ecken kommen die Menschen zurück zum Strand. Wir aber putzen die Sattel trocken und fahren an der Promenade entlang. Vorbei geht es an dem riesigen weißen Leuchtturm, dem Wahrzeichen von Nordwijk. Eine einsame Bude mit ‚kibbeling, krokets, friet speciaal und Patat Saté‘ gibt es hier.

Deutlich wird uns bewusst, dass es erst Mitte Mai ist. Wie aber mag das im Sommer hier zugehen?

Durch die Einkaufsstraße bummeln Leute, dazwischen fahren Radler, alle, ohne sich zu behindern. Das wär in Deutschland niemals möglich. Kleine rote Backsteinhäuser mit braunen Holzgiebeln, die mit Wappen oder bunt bemalten Blumen verziert sind, stehen nebeneinander. Im Parterre befinden sich Ladenlokale mit Schaufenstern. Dort sieht man alles, was ein Tourist brauchen kann: Klamotten, Schuhe, Käse, Spirituosen, Andenken. Dazwischen gibt es Cafés und Restaurants. C&A, McDonald's, Douglas und andere Ketten befinden sich meistens in Neubauten, die das Straßenbild erheblich stören.

Am Ende der Straße fahren wir wieder auf den Dünenweg. Nun heißt es aufpassen. Holland ist durchzogen von Radwegen. Wo immer zwei Wege sich kreuzen, gibt es einen Knotenpunkt. Dort steht ein kleiner viereckiger Wegweiser, auf dem Radwege nach Nummern angezeigt werden. Nordwijk trägt die Nr. 32, Leiden 77.

„Gut, dass ich mich genau informiert habe", sagt Lars und holt einen Zettel hervor. Eine direkte Verbindung gibt es nicht. So hangeln wir uns von einem Knotenpunkt zum anderen. Die Landschaft ist hier völlig anders. Saftig grüne Wiesen, Felder sind durchzogen von Wassergräben. Auf den Weiden grasen fette Kühe, braun-weiß oder schwarz-weiß gefleckt. Soweit das Auge reicht, ist alles flach. Hin und wieder gibt es Gehöfte und Windmühlen. Am Rand des asphaltierten Radweges stehen einige weiß blühende Sträucher. Über uns jagen dicke Wolken dahin. Niemand kommt uns entgegen. Vor einer Kurve versperrt uns ein Gebüsch die Sicht. So müssen wir nach der Biegung plötzlich heftig bremsen und absteigen, weil Schafe die Straße überqueren. Der Schäfer steht auf der anderen Seite. Sein schwarz-brauner Hund umkreist bellend die Tiere und dirigiert sie in die richtige Richtung.

Da fällt mir eine Anekdote ein, die ich kürzlich im Radio gehört habe. Ich rufe Lars zu: „Sag mal, kennst du das? Wie hier überquert eine Schafherde die Straße. Kommt ein junger Mann im roten Cabrio angerast, bremst ab, die Reifen quietschen. Er läuft zum

Schäfer, der ihn erstaunt betrachtet: Was für eine Verkleidung, der dunkle Anzug, das weißes Hemd und die grelle rosa Krawatte. Da spricht ihn der Mann an: ,Was gibst du mir, wenn ich dir sage, wie viele Schafe in deiner Herde sind?'

,Kannst eins haben', brummt der Schäfer.

,Die Wette gilt.'

Der junge Mann holt sein Handy, schaut zum Himmel und rechnet. Schließlich sagte er: ,Es sind 128 Stück.'

,Stimmt genau, nimm dir eins.'

Der junge Mann greift sich ein Tier.

Da fragt ihn der Schäfer:

,Erhalte ich mein Tier zurück, wenn ich deinen Beruf errate?'

,In Ordnung.' Gespannt sieht er den Schäfer an.

,Du bist Unternehmensberater.'

Der junge Mann kann es kaum glauben. ,Stimmt! Woran siehst du das?'

,Erstens fährst du ein super Auto. Zweitens bist du total modisch gestylt. Drittens gib mir meinen Hund zurück!'"

Lars lacht auf.

Inzwischen ist die Straße wieder frei, wir können weiterfahren. Irgendwann tauchen in der Ferne die ersten Häuser von Leiden auf. Auf einem Marktplatz stellen wir die Räder ab. Überwältigt schauen wir uns um: Überall gibt es Kanäle, Grachten, Brücken, dies erinnert mich an Amsterdam. In einem Café stärken wir uns mit ,pannenkook met apples en stroop.'

„In meiner Kindheit hab ich mich immer riesig gefreut, wenn es den zu Mittag gab. Der schmeckt wirklich lecker", sage ich und genieße den letzten Krümel.

Lars holt den Reiseführer raus. Es gibt viele Sehenswürdigkeiten zu entdecken.

„Wir sind ja nur kurz hier", meint er. „Was hältst du davon, wenn wir uns einfach treiben lassen?"

Ich schaue über den Platz. Überall sind Fußgänger, dazwischen fahren Räder.

„Wär super", antworte ich. „Sieh mal, die vielen jungen Leute, wo kommen die wohl alle her?"

„Hier steht, in Leiden ist die älteste Uni Hollands." Lars klappt das Büchlein zu.

Wir machen uns auf den Weg. Gegenüber befindet sich ein Anlegeplatz. Von hier aus beginnen Grachtenfahrten. Leider fällt die nächste aus, da außer uns kein Tourist zu sehen ist. Wär das schön gewesen, vom Wasser aus alles erklärt zu bekommen … An den Kanälen liegen bunt bemalte Hausboote.

„Sieh mal die Blumenkästen mit den weißen und roten Geranien und dann noch Männertreu, ist das ein Farbenbild!", rufe ich aus und zeige auf die Boote.

Wir schlendern weiter über eine Ziehbrücke, sie erinnert mich an ein Gemälde, das van Gogh einst in Arles gemalt hat. Überall laden dort Cafés zum Verweilen ein. Wir kommen an großen Kirchen und dem Stadthaus vorbei. Zwischendurch entdecken wir Innenhöfe, die bewachsen sind mit roten, blauen, weißen Hortensien. Wir sehen Bänke und Bronzeskulpturen von feschen ‚meisjes' in Trachten und mit Klompen (Holzschuhen).

An einem Käsemarkt probieren wir von dem ‚belegen kaas'. Er zergeht auf der Zunge.

Allmählich merke ich, wie meine Fußsohlen brennen, denn wir gehen über uraltes Kopfsteinpflaster. Ich schaue auf die Uhr, es ist bereits vier.

Mit der rechten Hand greife ich nach hinten.

„Ich glaub, wir sollten hier abbrechen."

„Hoppla, sind Sie immer so stürmisch, junge Frau?", tönt es hinter mir.

Erschrocken drehe ich mich um und sehe in ein fremdes Gesicht, das mich fröhlich anlacht. Ich merke, wie mir heiß wird. Verlegen stammle ich: „Tut mir leid, ich dachte …" Weiter komme ich nicht.

„Ich bin hier!", ruft Lars in diesem Moment weit hinter mir. „Machst du gerade fremde Männer an?"

Warum nicht, denke ich, hebe meine Schultern hoch und lasse sie fallen, dabei grinse ich den Herrn an. Dann rufe ich Lars zu: „Wo bleibst du denn?"

Er holt mich ein. Wir beschließen, die Rückfahrt anzutreten, und zwar wieder über Nordwijk.

Ein letztes Mal schaue ich zurück auf die Häuschen. Dabei sage ich zu Lars: „Hier gefällt es mir richtig gut. Vierzehn Tage Sommerurlaub an dieser Küste, das wär echt super. Da könnten wir uns diese Stadt gründlich vornehmen, zum Beispiel per Grachtenfahrt, und dann alle Sehenswürdigkeiten in Ruhe ansehen. Auch der Campingplatz ist gut. Außerdem", fällt mir ein, „Den Haag und Amsterdam könnten wir ebenfalls per Rad besuchen. Beides ist ja nicht weit von Katwijk entfernt."

„Ja, alles passt", stimmt er mir zu und sieht zum Himmel, der sich wieder gefährlich verdunkelt. „Nur hoffentlich kommen wir jetzt trocken zum Auto zurück!"

Ausgerastet

„Hast du die Tasche gepackt, den Reißverschluss zugezogen?", hört er eine tiefe Stimme. Er nickt und hält beide Fäuste gegen die Schläfen gepresst. Er steht vor dem Spiegel, schließt die Augen. „Ich bin vorbereitet. Ich habe die schwarzen Schuhe an, die schwarze Hose, die schwarze Jacke mit der Kapuze." Er öffnet die Augen, sein Spiegelbild starrt ihn an: Die braunen Augen liegen in dunklen Höhlen, schwarze Bartstoppeln und das halblange, schwarze, fettige Haar lassen ihn krank aussehen. In seinen Augen flackern Blitze auf. Er lässt die Arme sinken und ballt die Fäuste, richtet sich auf: „Ja, ich bin gut vorbereitet."

Wieder ertönt die Stimme: „Nimm die Tasche, dein Ticket und fahr mit der S-Bahn zum Hauptbahnhof. Versuch, dich normal zu bewegen. Du weißt, um was es geht. Wenn du versagst, wird sich dein Hirn qualvoll auflösen."

Sofort klopft und pocht in seinem Kopf. Er drückt wieder beide Fäuste gegen die Schläfen. „Hör auf, ich mach es!"

Er verlässt das Haus mit der Sporttasche und steigt in die volle S-Bahn. Er stellt sich in eine Ecke und starrt nach draußen. Ein Kontrolleur checkt seine Fahrkarte, gibt sie ihm zurück. Er zittert am ganzen Körper. Die Bahn hält im Hauptbahnhof an. Leute steigen aus. Er öffnet die Tasche, greift hinein, zerrt eine mittelgroße Axt heraus, wirft die Tasche auf den Boden.

Er schwingt das Beil. Dann haut er um sich. Er trifft eine Frau, die zusammensackt.

Sie schreit, Blut fließt.

Nach einer Schreckminute kommt Bewegung auf, Frauen kreischen, alle Menschen fliehen zum Ausgang. Er rennt ihnen nach, springt auf den Bahnsteig. Die Axt hält er fest in der Hand. Plötzlich bleibt er stehen, dreht sich um, will wieder in die Bahn, doch zwei Männer halten die Türen von innen fest verschlossen.

Wütend schlägt er mit der Axt dagegen. Funken sprühen. Abrupt dreht er sich um. Er läuft zur Treppe, die Stufen runter. Die Axt schwingt er mit der rechten Hand hin und her. Unten angekommen, trifft er einen Passanten, der ihn gerade fotografieren, will.

„Bravo, gut so! Weiter so, hau sie nieder!", ruft ihm die Stimme begeistert zu.

‚Teneriffa, ade!', denkt Klara und nimmt ihren Platz am Mittelgang des Fliegers ein. In vier Stunden wird die Maschine Düsseldorf erreichen. Durch das linke Fenster versucht sie, einen letzten Blick auf die Insel zu erhaschen, vergeblich. Neben ihr sitzt ein Fleischkoloss im weißen Hemd, das sich über den riesigen Bauch spannt. Die Ärmel sind aufgekrempelt. Zwei wuchtige Arme mit Wurstfingern ruhen auf der Plauze, scheinen sie festzuhalten. Er schaut in Richtung Fenster. Kleine Schweißtropfen hinterlassen dunkle Spuren auf dem Hemdkragen. Das schwarze Haar sieht aus wie frisch geduscht.

Ein Schauer läuft ihr über den Rücken. Sie drückt sich fest an den rechten Rand ihres Sitzes. ‚Nimm es gelassen, ignorier ihn einfach, fang an zu lesen', denkt sie und greift zu ihrem E-Book.

Etwas später zuckt Klara zusammen. Ihr ist, als ob eine Fleischwoge von ihrem Nachbar zu ihr herüberschwappt. Sie spürt etwas Feuchtes, Wabbeliges an ihrem linken Arm.

„Entschuldigung", spricht sie ihn an. „Könnten Sie bitte auf Ihrem Sitz bleiben? Ich fühle mich durch Sie total eingeengt."

„Wie bitte? Was soll das? Wie Sie sehen, sitz ich auf meinem Platz. Meinen Sie etwa, ich bin zu dick?"

‚Ja, genau!', denkt sie, aber sie will sich nicht streiten.

„Zu dick haben Sie gesagt. Rutschen Sie einfach auf Ihren Platz zurück!"

Er holt tief Luft. Beim Einatmen spürt sie, wie ihr linker Arm in ihre Seite gedrückt wird.

Er poltert los, schaut dabei seine zierliche Frau an, die am Fenster sitzt. „Stell dir vor, die Frau neben mir meint, ich sei zu dick. Was sagst du dazu?"

„Ich würde die Stewardess rufen. Das ist un-er-hört!" Ihr Blick trifft Klara dabei wie ein Giftpfeil.

Das Personal verteilt hinten am Ende des Ganges Getränke.

Klara öffnet den Gurt und springt auf. Ihr ist, als ob alle Leute sie anstarren. Plötzlich macht sie in der Vorderreihe eine Entdeckung: Sämtliche Plätze sind mit Armlehnen rechts und links abgeteilt. Die Lehne zu ihrem Nachbarn dagegen ist oben. Energisch knallt Klara sie nach unten. Er schreit auf. „Hilfe! Greta, die Frau hat mich verletzt."

Das müssen die Stewardessen gehört haben, denn eine kommt sofort auf sie zugeeilt.

Kann ich Ihnen helfen?", fragt sie.

Ehe Klara etwas sagen kann, behauptet der Kerl: „Die Frau hat mich beleidigt. Und nun hat sie mir auch noch die Armlehne in die Seite gerammt. Das ist Körperverletzung!", schreit er auf und hält sich die Seite.

Die Stewardess macht ihm einen Vorschlag: „Vorn am Notausstieg sind größere Plätze frei. Möchten Sie dort sitzen?"

Da springt seine Frau auf. „Und wo bleibe ich? Mein Mann ist zuckerkrank, er braucht mich."

„Sie können beide dort sitzen. Folgen Sie mir bitte!"

Klara atmet auf und tritt zurück.

Der Mann probiert aufzustehen. Alles ist für ihn plötzlich zu eng. Er will sich am vorderen Sitz hochziehen, während seine Frau versucht, ihn hochzuschieben. Die Flugbegleiterin eilt ihm ebenfalls zu Hilfe.

Endlich steht er. Sein Hemd ist klitschnass.

Da zeigt ein Mädchen aus der Nachbarreihe auf ihn und ruft: „Mami, sieh mal, ist der Mann fett!"

Wie geprügelte Hunde dackeln die beiden hinter der Stewardess her.

Klara lehnt sich zurück. Endlich kann sie in Ruhe lesen.

Nach vier Stunden landen sie in Düsseldorf. Klara holt ihren Koffer vom Band und hastet zum Ausgang. Mit der S-Bahn geht es weiter zum Hauptbahnhof, wo ihr Partner sie am Blumenladen erwarten will.

Der Zug fährt im Bahnhof ein. Viele Leute strömen mit Klara die Treppe runter durch den Gang, der zur Vorhalle führt. Plötzlich bleibt sie stehen und starrt nach vorn.

Menschen laufen an ihr vorbei, schlagen Haken wie Hasen. Ein Mann mit einer Axt jagt hinter ihnen her und versucht, sie zu attackieren. Am Boden liegen einige Verletzte, blutüberströmt. Ihre Schreie gehen durch Mark und Bein.

Klara schaut sich nach einer Deckung um. In der Nähe rechts sieht sie einen dicken, runden Pfeiler. Mit ihrem Koffer hechtet sie dorthin.

Der Attentäter kommt in die Nähe der Säule. Plötzlich bleibt er stehen, legt den Kopf zur Seite, als ob etwas hört. Im nächsten Moment stampft er mit dem Fuß auf und ruft: „Jawohl, ich hau ab!" Er schleudert die Axt nach einem Passanten, der etwas weiter wie gelähmt stehen geblieben ist.

Polizisten tauchen auf einmal auf und verfolgen den Mann, der in großem Tempo zu einem Nebenausgang läuft.

Klara reibt sich die Augen, als sie erkennt, dass der getroffene Passant ihr Nachbar aus dem Flugzeug ist. Er liegt leblos am Boden und blutet stark. Seine Frau kniet neben ihm. Sanitäter eilen auf sie zu.

Polizisten stürmen heran, einer bedient ein Megafon: „Achtung, Achtung! Hier spricht die Polizei! Ein Attentäter hat mehrere Menschen mit einer Axt verletzt. Er ist entkommen. Die Gefahr ist vorbei! Bewahren Sie Ruhe! Bleiben Sie nicht stehen! Gehen Sie langsam zum Ausgang. Dieser Gang wird gleich geschlossen. Lassen Sie die Sanitäter zu den Opfern durch! Augenzeugen melden sich bitte in der Vorhalle, dort ist ein Sonderschalter eingerichtet. Achtung, Achtung! Hier spricht die Polizei."

Der Text wird ständig wiederholt.

Wie in Trance starrt Klara auf das Opfer, dann murmelt sie leise: „Ach, könnte das hier alles ungeschehen sein. Es würde mir auch gar nichts ausmachen, wenn ich meinen Arm in seiner wabbeligen Seite noch einmal spüren müsste." Tränen rollen ihr übers Gesicht.

Mit weichen Knien folgt sie dem Strom in Richtung Vorhalle. Dort entdeckt sie ihren Mann am Blumenladen und sieht ihn mit einer einzelnen roten Rose winken. Bei all den hastenden Menschen wirkt er wie ein Fels in der Brandung. Sie stürzt sich in seine

Arme, hört ihn reden, aber seine Worte erreichen sie nicht. Abrupt löst sie sich von ihm, greift nach seinem rechten Arm und zerrt ihn zum Ausgang: „Komm, bitte, schnell weg von hier! Das Attentat, alles war so schrecklich. Gott sei Dank, ich habe überlebt!"

Frau Schmidt

Mit einem Ruck öffnet sie die Tür.

„Das also ist das Zimmer." Sie machte eine ausladende Bewegung mit ihrem rechten Arm und ließ mich eintreten.

„Gefällt's Ihnen?"

Wir standen in der Mitte des Raums auf einem ehemalig roten Teppich. Ich wagte kaum zu atmen, würgte ein wenig.

„So ganz neu ist das hier nicht", ein Lächeln huschte über ihr schmales, faltiges Gesicht.

„Na ja, so ganz jung bin ich ja auch nicht mehr. Dies war einmal mein Mädchenzimmer." In diesem Moment fiel ihr eine weiße Haarsträhne ins Gesicht, die sie energisch nach hinten zu dem kleinen Knoten zurückschob.

Der magere Arm wies auf das klapprige Holztischchen mit dem Brandloch am Rand.

„Hier habe ich meine erste Zigarette geraucht."

„Frau Schmidt ..." Weiter kam ich nicht, ich musste husten.

„Wissen Sie, es ist der Preis, der Ihnen gefallen wird."

Kurz leuchteten ihre Augen auf wie die eines Raubvogels.

„150 Mark warm, das ist doch fast geschenkt."

Ich schnappte nach Luft. Sie drehte sich um sich selbst, die kleine zierliche Frau, ich schätzte sie auf um die achtzig, in der fleckigen Kittelschürze mit dem bunten Karomuster und den Blümchen. Die von Altersflecken übersäte kleine Hand schob wieder die lästige Haarsträhne nach hinten. Erwartungsvoll sah sie mich an.

Ich schreckte hoch, ein letztes Husten, dann protestierte ich.

„Das muss ein Irrtum sein, in der Zeitung steht 130 Mark und überhaupt ..."

„So? Zeigen Sie mal."

Sie nahm die Seite, gab sie mir aber gleich zurück und meinte:

„Ohne Brille kann ich das nicht lesen. Das muss ein Druckfehler sein."

Ich wollte etwas sagen, als ihre kleine Gestalt in Bewegung geriet. Sie wackelte von einem Bein auf das andere, die Kittelschürze schwappte mit hin und her. Die Haarsträhne wurde erneut nach hinten befördert.

„Egal, weil Sie es sind, lassen wir es bei 130 Mark. Sie nehmen es also?"

Sie schaute mich mit großen Augen an.

„Nein!", wollte ich schreien, „auf keinen Fall!", blieb aber stumm. Morgen begann das Semester, ich hatte mich zigmal um ein Zimmer beworben, ohne Erfolg. Ich sah mich um. All dieser Ramsch hier, das alte dunkelbraune Sofa mit dem verschlissenen grünen Kissen, die beiden wacklig anmutenden Stühle rechts und links mit den aufgeplatzten Sitzflächen, der dunkle Kleiderschrank hinten an der Wand, ließ mich erschauern.

Dann hatte ich eine Idee.

„Ich glaube, ich muss mir das noch mal überlegen. Ich habe hier in der Nähe ein renoviertes Zimmer gesehen, das genauso viel kosten soll wie dieses", bluffte ich. „Vielleicht könnten Sie mir da etwas entgegenkommen?"

„Wie meinen Sie das?" Wieder starrte sie mich mit großen Augen an.

„Mit etwas Farbe könnte man ..."

„Ich mag keine Veränderungen." Sie kniff die Lippen zusammen.

„Schade ...", ich wandte mich um und spürte, wie sie wieder von einem Bein auf das andere trat. „Warten Sie, wie war noch mal Ihr Name?"

„Schmiedeknecht, Heike Schmiedeknecht", ich blieb stehen, drehte mich um und sah sie an.

„Fräulein Schmiedeknecht", ihr Gesicht strahlte, „Ich glaube, wir können uns doch einig werden.

Na ja, wenn Sie das Zimmer renovieren möchten, Farbe würde ich kaufen. Und mit den Möbeln müssen wir mal sehen! Was meinen Sie?"

Sie reichte mir ihre Hand. Zögernd schlug ich ein.

Am ersten Abend nach meinem Einzug machte ich eine Entdeckung. Mein Kuli war mir an der Rückenlehne des Sofas in eine Spalte gefallen. Als ich hineingriff, fühlte ich unter dem Stift ein Papier. Ich holte beides vorsichtig heraus und hielt einen vergilbten Briefumschlag hoch. Die Adresse konnte ich nicht mehr entziffern.

„Denk an das Briefgeheimnis", fiel mir ein. Aber galt das auch hier noch? Meine Neugier gewann. Ich zog eine Seite heraus und staunte über die ordentliche Schrift. Was hatte ich dagegen für eine Klaue! Dann begann ich zu lesen.

Ein letztes Mal, liebe Mimi,

ich habe deinen Abschiedsbrief erhalten, mit ihm sinnbildlich das kalte Wasser zum Abkühlen. Erst war ich traurig, enttäuscht. Sollte ich mich so in dir getäuscht haben? Deine Zuneigung und deine Küsse, war das alles Theater? Oder haben es deine Eltern geschafft, uns zu entzweien? Heute weiß ich, dass du einfach nicht die Richtige für mich sein kannst. Ich habe dein Bild noch einmal betrachtet, deine Augen, dein Blick stößt mich ab. Es fehlt die Ehrlichkeit. So gebe ich es dir das Foto zurück.

Horst

Unten am Rand waren Wassertropfen wie von Tränen zu sehen. Das Bild fehlte. Mir lief ein kleiner Schauer über den Rücken. Mimi, so hieß meine Vermieterin. Ich legte den Brief auf den Tisch.

In dieser Nacht schreckte ich plötzlich hoch. Da war doch ein Geräusch? Ich schaute mich um. Der Mond schien in mein Zimmer und alles sah silbrig aus. Leicht wehten die Gardinen, ein Fenster stand offen. Dann sah ich am Fußende zwei grünlich blitzende Punkte. Ich zuckte zusammen. In diesem Moment sprang etwas Dunkles auf mich zu und landete direkt vor mir. Plötzlich spürte ich, wie sich ein warmes Fell gegen meine Arme rieb, hin und her, und das Etwas schnurrte dabei laut. Jetzt erkannte ich den Umriss: Es war Minka, die Katze von Frau Schmidt, die ich irgendwie in mein Herz geschlossen hatte.

„Was willst du denn bei mir?", fragte ich sie und begann, ihr den Rücken zu streicheln.

In diesem Moment hörte ich, wie Frau Schmidt an der Tür klopfte und fragte: „Entschuldigung, ich habe Sie schreien gehört. Ist alles in Ordnung?"

„Jetzt ja, Ihre Katze hat gefensterlt, sitzt vor mir und will gestreichelt werden."

Ich knipste das Licht an. „Das kann ich kaum glauben, Minka ist doch soooo scheu." Nach einer kleinen Pause fuhr sie fort: „Da muss sie Sie aber echt gerne haben."

Ich stupste Minka hinunter und ließ sie durch die Tür in den Flur laufen.

„Tut mir leid", murmelte Frau Schmidt und schlurfte in ihr Zimmer, Minka vorweg.

Ich sah mich in meinem Raum um, nichts schien verändert. Auf dem Tisch lag noch der Brief, den würde ich gleich morgen Frau Schmidt überreichen.

Doch dazu kam es nicht mehr. Nachmittags kehrte ich von der Uni zurück und sah einen Rettungskrankenwagen vor unserem Haus stehen. Gerade schoben zwei Sanitäter die Trage in den Wagen hinein.

Die Person konnte ich nicht erkennen, aber ein Stück Stoff hing seitlich herunter. Der Kittel meiner Vermieterin.

Eine Nachbarin stand neben dem Wagen. Sie wirkte ziemlich verstört.

Ich sprach sie an: „Entschuldigung, ich bin die neue Untermieterin von Frau Schmidt, Heike Schmiedeknecht. Wissen Sie, was ihr passiert ist?"

„Ja, sie lag bewusstlos auf dem Boden, ihre Putzfrau hat sie gefunden. In der Hand soll sie einen Brief gehalten haben. Wahrscheinlich hat sie einen Schwächeanfall erlitten. Aber sie lebt sie noch, Gott sei Dank. Ich hoffe, sie kommt durch!"

„Ja, das hoffe ich auch", sagte ich.

Danach rannte ich in mein Zimmer und suchte den Abschiedsbrief, aber er lag nicht mehr auf dem Tisch. Egal, ich hätte ihn ihr ja sowieso gegeben.

Nachdem Frau Schmidt nicht mehr da war, hatte mich ihre Katze Minka als Bezugsperson adoptiert. Wenn ich nach Hause kam, umschwänzelte sie mich ständig und teilte dabei auch mächtig aus. Viele rote Spuren zierten meine Beine. Ich versorgte Minka mit Futter und kümmerte mich um ihr Katzenklo, bis es mir zu viel wurde. Deshalb beschloss ich, mit Minka in einer Reisetasche verstaut und einem Blumenstrauß in der Hand, Frau Schmidt im Krankenhaus zu besuchen.

Als ich das Zimmer betrat, erschrak ich. Klein und verloren lag sie in dem riesigen Bett und schaute mich mit großen Augen an.

„Sie?", fragte sie statt einer Begrüßung. Ein Lächeln glitt über ihr Gesicht. „Schön, dass Sie mich besuchen kommen. Ich bin immer noch ziemlich von der Rolle." Sie strich sich eine Haarsträhne aus dem Gesicht.

Ich setzte mich auf einen Besucherstuhl.

„Warum, möchten Sie sicher wissen?" Plötzlich wirkte ihr Blick traurig und leer. „In der Zeitung hatte ich eine Todesanzeige gelesen." Sie schluchzte kurz auf. „Morgens hörte ich, wie das Fenster in Ihrem Zimmer gegen den Rahmen schlug. Ich ging also mit dem Zweitschlüssel hinein und schloss das Fenster. Entschuldigen Sie bitte, das war ein Notfall." Betreten sah sie auf die Bettdecke. „Beim Verlassen des Zimmers sah ich auf dem Tisch Horsts Abschiedsbrief liegen. Sie haben ihn wohl gefunden?"

Ich nickte und fügte hinzu: „Ja, ich wollte ihn Ihnen nach der Uni vorgestern geben."

„Egal", sagte sie und machte eine abwehrende Handbewegung, dann fuhr sie leise fort: „Ich las den Abschiedsbrief wieder und wieder. Plötzlich erkannte ich, Horst, meine große Liebe, war gestorben." Wieder schluchzte sie auf. „Was wäre geworden, wenn meine Eltern mich nicht so mies beeinflusst hätten? Danach hat's mich umgehauen."

Ich ließ ihr einen Moment Zeit, dann fragte ich: „Und was haben die Ärzte festgestellt?"

„Heute Nachmittag krieg ich Bescheid."

Wortlos ergriff ich ihre Hand und streichelte sie. Nach einer Weile sprach ich sie an: „Frau Schmidt, sehen Sie doch bitte mal in meine Reisetasche." Vorsichtig öffnete ich den Reißverschluss, leider etwas zu weit. Ehe ich mich versah, sprang Minka heraus und zu ihrem Frauchen aufs Bett. Da kullerten noch mehr Tränen. „Minka, du bist die Beste, ich hab dich so lieb." Sofort setzte sie sich auf und drückte die Katze fest an sich.

„Frau Schmidt, stellen Sie sich vor, Minka will einfach nicht mehr fressen, sie vermisst Sie so sehr!"

Plötzlich ging die Tür auf. Beherzt stopfte Frau Schmidt Minka unter die Bettdecke. Die Krankenschwester schaute herein. „Ist alles bei Ihnen in Ordnung, Frau Schmidt? Ah, Sie haben Besuch, da will ich nicht stören."

In diesem Moment konnte Minka sich befreien und raste auf die Schwester zu. Vor ihr blieb sie abrupt stehen, fauchte und machte einen riesigen Katzenbuckel. Das war zu viel für die Frau. Mit einem Schrei flog die Tür ins Schloss.

„Oh Gott, oh Gott", stöhnte Frau Schmidt auf, „jetzt gibt es richtig Ärger! Ich muss hier weg! Nehmen Sie mich mit?"

„Das geht leider nicht." Während ich Minka unter Protest wieder in die Tasche stopfte und den Reißverschluss schloss, machte ich ihr einen Vorschlag: „Minka braucht Sie. Werden Sie so schnell wie möglich wieder gesund und wenn Sie mögen, hole ich Sie nach Ihrer Entlassung mit dem Auto ab und bringe Sie nach Hause. Ich schreib Ihnen hier meine Telefonnummer auf."

Als ich ihr den Zettel reichte, griff sie meine Hände und drückte sie. Ihr Gesicht leuchtete auf.

„Ich verspreche Ihnen, ich will hier nur raus. Und mit der Schwester werd ich schon alleine klarkommen." Dabei schien sie um einige Zentimeter größer geworden zu sein.

Kurz bevor ich die Tür erreicht hatte, rief sie mir nach: „Übrigens, vielen Dank, dass Sie sich um Minka kümmern!"

Ich nickte nur. Damit hatte ich Minkas Pflege weiterhin an der Backe. Hoffentlich nur noch wenige Tage.

Furchtbar, einfach furchtbar

Gitta kam aus dem Haus und betrat die Strandstraße Richtung Dünen und Meer. Sie trug einen großen beigen Sonnenhut, eine dunkelbraune Sonnenbrille, ein rotgeblümtes Strandkleid und blaue Flipflops. Über der Schulter hing eine gelbe Badetasche. In einer Mulde in den Dünen breitete sie ihre Decke aus. Das Kleid ließ sie zu Boden gleiten, danach eilte sie zum Wasser. Ein knappsitzender Bikini in Knallrot unterstrich ihre zierliche Gestalt.

Sie bemerkte dabei nicht, dass eine alte Frau, die sich hinter einem Sanddornbusch in unmittelbarer Nähe versteckt hielt, sie beobachtete. Ein ausgeblichener Strohhut bedeckte ihren Kopf, lange graue Strähnen schauten darunter hervor.

Nach dem Baden und Abtrocknen streckte sich Gitta auf ihrem Tuch aus. Mit dem Hut deckte sie ihr Gesicht ab, dabei trällerte sie einen Schlager von den ,Bläck Föß' leise in abgewandelter Form vor sich hin: „Oh, Thomas, ich hab mich verloren, verloren in dich …" Plötzlich spürte sie einen heftigen Luftzug. Sie blinzelte, konnte aber nichts erkennen.

Ehe sie sich versah, war die Alte bei ihr und schnitt ihr mit einem Rasiermesser die Kehle durch. Gitta hatte keine Chance auf Abwehr bei diesem Angriff. Als ihr ein letztes Röcheln entfuhr, murmelte die die Alte: „Tut mir schrecklich leid!" Dabei drückte sie ein dunkles Tuch auf die Schnittstelle. Den Hut legte sie so, dass man nichts von der Tat sehen konnte.

Sie richtete sich auf und schaute über den Muldenrand nach links und rechts, doch niemand schien ihr Treiben bemerkt zu haben.

Langsam ging sie gebeugt über den Dünenweg, wobei sie sich auf ihren Stock stützte. Ihr grünes Sackkleid flatterte im Wind. Dann eilte sie plötzlich zum Hafen, gar nicht wie eine alte Frau.

Gerade lief die Fähre vom Festland ein. Menschen standen an der Kaimauer. Dort mischte sich die Frau unter sie. Autos verließen das Boot. Im Sonnenlicht erkannte sie Thomas' Porsche.

„Alles klar", nuschelte die Alte.

42

Auf dem Weg zu seinem Ferienhaus verspürte Thomas ein leichtes Prickeln. Er brauchte Abstand von seiner Frau Elfie, die nur noch ihre Karriere im Kopf hatte. Die zweitägige Fortbildung, an der sie gerade teilnahm, war das beste Beispiel. Schon lange fühlte er sich abgehängt.

Wie anders verhielt sich dagegen Gitta ihm gegenüber. Ja, er freute sich auf das heimliche Treffen mit ihr. Es war ihre frische Art, die ihn faszinierte.

Peter, Gittas Mann, konnte er nicht wirklich leiden. Da passte es gut, dass der irgendwo für zwei Tage zum Angeln abgetaucht war.

Voller Erwartung schloss Thomas die Haustür auf und rief Gittas Namen. Nichts rührte sich. Er warf seine Sachen auf einen Stuhl, nahm eine Dusche und beschloss, Gitta am Wasser zu überraschen.

Als er die Strandstraße hinter sich gelassen hatte, sah er auf einem Dünenhügel mehrere Menschen stehen. Alle schauten nach unten. Er eilte dort hin und fragte: „Was ist passiert?"

Jemand antwortete: „Dort unter dem Handtuch liegt eine tote Frau."

Thomas wurde blass. Der Strohhut und die Badetasche, die neben der Toten lagen, gehörten Gitta.

Er wollte zu ihr, aber da kam der Inselpolizist Adams auf ihn zu und drängte ihn zurück.

„Sie kennen die Tote?"

Thomas nickte.

Überall tauchten Handys auf, um Fotos zu schießen.

„Schluss damit!", schrie der Polizist. „Ich kenne euch alle. Jeder, der etwas ins Netz stellt, zahlt 5000 Euro Strafe. Verschwindet, sofort!"

Langsam zogen die Zuschauer ab.

„Sie können nicht zu der Toten, kommen Sie bitte mit aufs Revier", sagte der Polizist. Thomas stieg mit in den Streifenwagen ein. In der Polizeistation herrschte Hektik pur. Es wurde telefoniert, Anweisungen erklangen. Man schob ihn in einen kleinen Raum. Dort empfing ihn eine junge Kommissarin, Frau Söder, mit Kaffee und beruhigenden Worten.

Nach einem langen Gespräch kehrte Thomas in sein Haus zurück. Das Telefon läutete, Peter beschimpfte ihn: „Überstunden wollte Gitta machen, mit dir etwa? Und nun ist sie tot. Du bist mir ein schöner Freund!"

Thomas schluchzte auf, dann stellte er das Telefon ab. Sein Handy ging erneut. Elfie legte gleich los: „So, so, du betrügst mich mit meiner besten Freundin! Jetzt ist sie tot. Ich glaub, wir müssen eine Entscheidung treffen!"

Wortlos stellte er auch das Handy ab. Alles drehte sich in seinem Kopf. Er beschloss, sich ein paar Whiskys zu gönnen.

Leicht verkatert betrat Thomas am nächsten Tag die Polizeistation, wo ihn die Kommissarin wieder in ihrem Zimmer begrüßte.

Ein Polizist hatte sich die ganze Nacht Aufzeichnungen von den Fähren angesehen, aber nichts Außergewöhnliches gefunden. Plötzlich sagte er laut: „Aus welcher Kleiderkammer hat man diese Alte denn geholt? Schaut euch die mal an."

Alle eilten zu ihm, auch Thomas und die Kommissarin. In der Vergrößerung erkannten sie, dass die obere Gesichtshälfte von dem ausgeblichenen Strohhut verdeckt war. Am Kinn aber thronte eine große Warze, die am seidenen Faden hing. Überhaupt erschienen die Falten ringsum wie modelliert. Die Hände, die sich auf den Stock stützen, sahen aus wie junge Männerhände.

„Ist die noch vom Karneval übrig oder was?"

Alle schwiegen.

Nach der Befragung stieg Thomas in sein Auto und fuhr mit der nächsten Fähre zum Festland zurück. Ein großer Verdacht trieb ihn an. Er betrat seine Wohnung. Elfie war noch nicht wieder zu Hause.

„Gut so", murmelte er und begann, alle Fotoalben aus dem Wohnzimmerschrank herauszuziehen. Er suchte nach einem Karnevalsbild von vor einigen Jahren. „Bingo!", rief er, als er auf das Foto mit der Alten stieß. Er konnte es kaum glauben, wer sich hinter dem Kostüm verbarg.

Das Bild verschwand in seiner Jackentasche. Die Alben stellte er in den Schrank zurück.

„Nichts wie weg", raunte er sich zu. Doch da hörte er, wie Elfie die Haustür aufschloss. Sie war nicht alleine. Peter und sie betraten das Zimmer.

„Du? Was willst du hier noch?"

„Vergiss nicht, die Wohnung gehört auch mir. Ich bin gleich weg, will nur ein paar Sachen holen."

Peter plusterte sich auf, als wäre er Elfies Beschützer. „Wir sprechen uns noch, mein Lieber!", stieß er aus, als Thomas an ihnen vorbei ins Schlafzimmer ging. Die Tür verschloss er mit Nachdruck. Danach lief er zu seinem Nachttisch und öffnete die Schublade. Doch die war leer, seine Pistole fehlte. Als er an das Bild in seiner Tasche dachte, bekam er mit einem Mal Panik. Er riss das Fenster auf, das zur Straße rausging. Mit einem Satz sprang er hinaus, landete ohne Blessur im Vorgarten. Von dort lief er zu seinem Wagen.

Zwei Straßen weiter stoppte er und rief Kommissarin Söder an. Er erklärte ihr, wo er war und was er herausgefunden hatte.

„Bitte, bleiben Sie dort. Ich veranlasse, dass in wenigen Minuten eine Einsatztruppe bei Ihrer Adresse eintrifft. Nach dem Zugriff wird Ihre Aussage gebraucht. Bitte halten Sie sich zur Verfügung."

Etwas später hörte er die Fahrzeuge. Kurz entschlossen fuhr Thomas in die Nähe seiner Wohnung.

Als ein Schuss fiel, hielt es ihn nicht mehr in seinem Auto. Er wurde zwar von einem Polizisten zurückgedrängt, konnte aber Peter im Flur am Boden liegen sehen. Er blutete. Elfie hing in den Armen einer jungen Polizistin und weinte.

„Ich muss zu meiner Frau!", rief er. Da ließ man ihn durch. Er riss Elfie an sich und versuchte, sie zu trösten. Schluchzend berichtete sie: „Stell dir vor, Peter soll Gitta getötet haben. Er hat mich mit deiner Pistole bedroht und wollte mich als Geisel nehmen. Ich konnte ihm jedoch ausweichen, dabei wurde er angeschossen. Furchtbar, einfach furchtbar", stöhnte sie wieder und wieder.

Als sie sich etwas beruhigt hatte, zeigte ihr Thomas das Bild, auf dem Peter als Alte verkleidet den ersten Preis bei einem Faschingsfest erzielt hatte.

„In diesem Kostüm wurde er gesehen. Weißt du, warum er das getan hat?"

„Ja, weiß ich. Gitta ist immer häufiger fremdgegangen. Sicher konnte Peter es nicht ertragen, dass ausgerechnet du mit von der Partie sein solltest."

In diesem Moment spürte Thomas, wie ein Kloß im Hals ihm das Sprechen schwer machte. Stotternd versuchte er, eine Entschuldigung herauszubringen.

Aber Elfie befreite sich aus der Umarmung und sah ihm tief in die Augen: „Ich glaube, wir haben beide Fehler gemacht. Lass uns später darüber reden."

„Hannibal, Hannibal!"

Wir kamen vom Fußballplatz und es dämmerte bereits, als mich mein kleines Herrchen Pit anleinte.

„Auf, Petzi, wir müssen los", rief er mir zu.

Ich sprang sofort auf. Wir liefen einen Feldweg entlang und sahen bereits das Haus, in dem Pit, seine Familie und ich wohnten.

Plötzlich kam mir ein Geruch vom Boden entgegen, der mich abrupt stoppen ließ.

Pit strauchelte.

„Bist du verrückt geworden?" Er stöhnte und zerrte weiter an der Leine.

Doch das ging jetzt gar nicht. Meine Freundin, Cockerspaniel Susi, hatte hier ihre Duftprobe hinterlassen. Das roch nach Hochzeitstanz. Also stemmte ich mich fest nach hinten. Es gab einen Ruck, danach löste sich die Leine vom Halsband.

„Petzi, komm sofort bei Fuß!", schrie Pit.

Unmöglich, schließlich ging es um Susi. Ich drehte mich blitzschnell um, raste davon und verschwand unter einem großen Busch. Von dort aus sah ich, wie Pit nach einigem Rufen aufgab und nach Hause rannte.

Gerade, als ich zurück zum Weg wollte, kam mir Wolfram, ein ergrauter, großer Schäferhund, entgegen. Ich plusterte mich auf und zeigte Kampflust.

Er sah mich durchdringend an und sein Fell richtete sich auf. Dann brummte er mit tiefer Stimme: „Kleener Foxterrier, ich könnte dein Großvater sein. Lass gut sein, verschwinde einfach!"

Mit erhobenem Kopf stolzierte er an mir vorbei.

„Komischer Alter, egal", murmelte ich und eilte zu der Stelle, wo es so herrlich nach Susi gerochen hatte. Ich fragte mich, ob ich sie heute noch besuchen sollte.

In diesem Moment knackten Äste hinter mir. Wolfram raste aus einem Gebüsch heraus, gar nicht mehr stolz. Er lief auf mich zu.

Dabei ertönte hinter ihm ein Geräusch, als ob Hölzer aufeinanderschlugen. Sehen aber konnte ich nur einen Schatten.

Direkt vor mir stoppte Wolfram. Er dreht sich um.

„Herrgottsdackel, hier hast du Frischfleisch. Das ist sicher viel besser als meine alten Knochen."

Ich zuckte zusammen. Der Herrgottsdackel, das war der Tod. „Wenn der sich einem Hund zeigt in der Gestalt eines riesigen Dackelskeletts, mit feuerspeiendem Blick und dazu den Namen des Hundes zweimal ruft, ist es vorbei mit dem Hundeleben", hatte mich meine Mami gelehrt. Und der war jetzt hier? Ich begann zu zittern.

„Wa-wa-was willst du von mir, Herrgottsdackel?", stammelte ich.

„Nimm ihn, verschone mich!", frohlockte Wolfram.

Da sah ich rot. Wollte der Alte mich opfern? Mit einem Satz war ich bei Wolfram und wollte ihm gerade an die Gurgel gehen, als die mächtige Stimme des Herrgottsdackels ertönte: „Petzi, lass es gut sein!"

Ich ließ mich auf den Boden fallen und legte meinen Kopf auf die Vorderpfoten.

„Nun zu dir, Wolfram. Eigentlich sollte ich dich heute holen, denn du hast in letzter Zeit so viel Mist gebaut, dass es bis zum Himmel stinkt. Steh auf, wenn ich mit dir rede."

Da stand der alte Hund mit gebeugtem Kopf und hängendem Schwanz. Jetzt tat er mir fast ein wenig leid.

„Aber auf meiner Liste steht nur noch ein Hund, den ich holen muss, und der heißt anders als du. *Dir* kann ich nur raten: Bessere dich, dass *ich* keine Klagen mehr höre!"

„Ich werde es versuchen", beteuerte Wolfram und wackelte vorsichtig mit der Rute.

Ich atmete erleichtert auf.

Ehe wir uns versahen, war der Schatten vom Herrgottsdackel verschwunden.

Meine Freundin Susi fiel mir wieder ein. Ich eilte auf den Weg, wo es so köstlich geduftet hatte.

Plötzlich ertönte lautes Gebell. Von überall kamen Straßenköter angelaufen. Hannibal, ein schäferhundgedackelter Rottweiler, der sich immer als Anführer aufspielte, kläffte begeistert: „Sieh da, meine Susi ist reif für mich. Da werde ich gleich –", weiter kam er nicht.

„Nein, sie gehört mir!", bellte ich, so laut ich konnte, leider kläfften aber noch drei andere Hunde mit mir.

Sofort entbrannte ein Kampf. Da wurde gebissen, gerissen, mit lautem Knurren und Bellen. Es floss sogar Blut.

Mitten im Durcheinander tönte Wolframs Stimme wie ein grollender Donnerschlag: „Aufhören, hört sofort auf! Oder wollt ihr, dass der Herrgottsdackel euch gleich hier einsammelt?"

„Herrgottsdackel? Ich will meine Susi!", stieß Hannibal hervor.

Ich kniff ihn noch einmal in den Schwanz, danach kehrte Ruhe ein. Wir starrten Wolfram an.

„Ja, guckt nicht so! Der Herrgottsdackel sucht nach Opfern, er war gerade hier, nicht wahr, Petzi?"

Statt einer Antwort fing ich an zu zittern.

Da ging ein Ruck durch unsere Reihen. Tim, Rudolf und Herkules, ein kleiner Dackel, verschwanden mit eingekniffenem Schwanz in der Dunkelheit. Zurück blieben Hannibal, der Boxer Raul, Heinrich, ein schäferhundgedackelter Spitz, und ich.

„Ihr seid also echte Anwärter für Susi?", fragte Wolfram und sah uns nacheinander tief in die Augen.

Mein Zittern ließ allmählich nach.

„Susi gehört mir", stieß ich hervor.

„Nein, mir!", riefen alle Hunde wie im Chor. Das roch nach erneutem Kampf.

„Schluss, aus!" Wolframs Augen schienen Feuer zu speien.

„Ich weiß eine friedliche Lösung für euch – wollt ihr sie hören?"

Zögernd ertönte einstimmig: „Ja!"

„Am besten ist, wir gründen einen Chor – unter meiner Leitung, versteht sich. Vielleicht kommt Susi mit ihrem Frauchen raus, Gassi waren sie noch nicht. Und dann kann sie selber entscheiden, wer mit ihr den Hochzeitstanz absolvieren darf, okay?"

Das klang vernünftig. Also scharten wir uns um Wolfram.

„Der Text geht so: ‚Susi, komm zu mir, ich schenk dir dafür mein Herz.' Die Melodie klingt so:" Mit seiner tiefen Stimme heulte er los. Das klang gar nicht schlecht, jedenfalls für mich.

Alle versuchten voller Inbrunst mit einzustimmen, wieder und wieder.

In den Fenstern der Häuser, in denen meine Familie und auch Susi wohnten, gingen überall Lichter an. Ein Mann schrie erbost: „Was soll das Gejaule? Hört sofort auf!"

Das spornte uns natürlich noch mehr an.

Da trat die Angebetete mit ihrem Frauchen aus der Haustür.

„Ist Susi läufig?", rief der Mann. „Die Köter sollen aufhören oder wir rufen die Feuerwehr. Wasser hilft immer!"

„Achtung, baut euch auf, damit Susi ihre Wahl treffen kann", flüsterte Wolfram.

Das klappte natürlich gar nicht, denn Hannibal stürzte als Erster auf Susi zu, ich und die anderen hinterher.

Kurz vor ihr stoppte Hannibal und jaulte auf. Ein ekelerregender Gestank kam zu uns rüber. Wir mussten stark bremsen, dann heulten wir auch auf und rangen nach Luft.

Susis Frauchen beobachtete uns. Sie lächelte, während Susi uns gönnerhaft mit einem einladenden Hüftschwung ihr Hinterteil zeigte.

Plötzlich sahen wir es: Sie trug einen Keuschheitsgürtel aus schwarzem Leder.

„Da staunt ihr, nicht wahr? Das wird nichts mit Liebe machen heute. Verkrümelt euch einfach!"

Als der furchtbare Geruch uns wieder entgegenströmte, sprangen wir zur Seite. Susi und ihr Frauchen stolzierten an uns vorbei.

Wolfram seufzte: „Schade, ich hätte euch gerne beim Liebestanz zugesehen."

Wir Hunde langweilten uns. Jeder nahm noch einmal eine Duftprobe von Susi.

Hannibal brüstete sich mit einer Tat, die ihm gestern, wie er laut erklärte, gelungen war.

„Die kleine Ute, die kennt ihr doch, die wollte mir nichts von ihrem köstlich duftenden Hamburger abgeben. Ich bettelte, ich flehte sie an, vergeblich. Da hab ich sie angesprungen und wollte ihr gerade das Brötchen entreißen, als ihr Vater kam. Sofort flogen Fetzen, kann ich euch sagen. Und er hat richtig geblutet." Bei diesen Worten sah uns Hannibal mit irrem Blick an.

„Bist du verrückt geworden?", fragte Wolfram. „Utes Vater ist ein mächtiger Mann. Das wird sicher ein Nachspiel haben."

„Ach, der …", meinte Hannibal und winkte mit der rechten Pfote ab, „der ist mir egal. Wichtig ist mir nur, dass ihr wisst, ich bin hier der Größte und der Stärkste und Susi gehört mir, kapiert?"

Etwas später kam eine heftige Windbö auf. Gleichzeitig klapperte es ringsum. Kehrte der Herrgottsdackel etwa zurück?

Wen wollte er holen? Ich presste mich tief in den Boden.

Wolfram blieb ruhig. Er schaute zum Himmel.

„Ist gut, Alter. Ich hab gesehen, du bist auf einem guten Weg. Ich schenk dir noch etwas Zeit auf der Erde." Die Stimme klang besänftigend.

Doch dann erschütterte uns der Ruf: „Hannibal, Hannibal, folge mir!"

Hannibal zuckte zusammen, dann sprang er auf und raste davon.

Ein irres Gelächter ertönte zusammen mit den Worten: „Hannibal, Hannibal, komm her, kein Hund entgeht mir! Mir, dem Herrgottsdackel!"

Immer noch geduckt lag ich am Boden und spürte etwas später, wie der Wind allmählich einschlief. Auch das Geklapper entfernte sich.

Benommen richtete ich mich auf und schüttelte mich heftig. Alle Hunde waren verschwunden. Nur Wolfram saß vor mir.

„Petzi", sprach er mich an, „es tut mir leid, dass ich dich dem Herrgottsdackel opfern wollte. Komm, beiß mich zur Strafe fest in den Po."

Er stand auf und drehte mir sein Hinterteil zu, das nur aus Haut und Knochen zu bestehen schien. Nein, da hätte ich mir sicher den Kiefer verrenkt.

„Lass es gut sein", meinte ich.

Wolfram nahm wieder Platz.

„Willst du mein Freund werden?", fragte er mich, während ihm aus einem Auge eine Träne lief.

„Warum nicht?", hörte ich mich sagen, aber wollte ich das wirklich?

Dann fiel mir mein Problem ein. „Kannst du mir einen Tipp geben, wie ich zu meiner Familie zurückkehren kann, ohne dass sie mich bestrafen?"

Wolfram legte seine Stirn in Falten. Nach einer Weile nickte er und flüsterte mir etwas ins linke Ohr.

Ich sah ihn misstrauisch an.

„Du musst mir vertrauen, wir sind doch jetzt Freunde, nicht wahr?

Und, siehe da, es klappte. Mitten in der Nacht holten mich Pit und sein Vater aus einer Abwassergrube. Wolfram hatte sie mit viel Gebell dorthin gelockt.

Ich stank entsetzlich. Willenlos ließ ich mich einseifen und abduschen.

In der restlichen Nacht träumte ich von meiner Freundin Susi, wie sie ihren Keuschheitsgürtel lüftete und mich dabei groß ansah. Mein Freund Wolfram zwinkerte mir mit beiden Augen zu, als ob er sagen wollte: „Viel Glück, Kleener."

Im Wettstreit

Es war gegen Mittag, als ich vom Balkon in meinen Garten schaute. Ruhe, nur Vogelgezwitscher. Die Farbenpracht der Blumen und das Grün der Wiese ließen mich zu dem Schluss kommen: Nie wieder werde ich Ferien auf dem Land machen. Dieses kleine Fleckchen ohne Jauchegestank ersetzt mir alles.

Ein leichter Frühlingswind wehte, die Sonne schien warm und hell. Ich kniff die Augen zusammen und starrte auf die Rasenfläche, die sich ungefähr über 20 mal 15 Meter erstreckte. Mir war, als ob die Halme im Wind anfingen zu flüstern.

„Endlich Frühling, wacht auf, wir müssen uns putzen!" Wellenförmig hoben und senkten sie sich, als ob sie sich gegenseitig vom Staub befreiten.

In der Mitte der Wiese gab es eine kleine Gruppe Gänseblümchen. Auch sie wogen hin und her. Eins rief in schrillem Ton: „Ich glaube, ich bin die Größte und Schönste von euch!" Es plusterte sich richtig auf.

„Das kann schon sein, dafür verwelkst du aber auch zuerst", kicherten die anderen.

Der Rasen war umgeben von einem Blumenbeet, das bis an die weiße, halbhohe Mauer reichte. Dieses Gartenstück hatte es mir angetan mit seinen vielen bunten Frühlingsblumen. Auf der linken Seite wuchsen verschiedenfarbige Tulpen. Die kräftig roten flüsterten: „Schaut nur her, wir haben das schönste Rot in diesem Garten!" Dabei schoben sie ihre Blütenblätter noch mehr nach außen.

„Wir finden euch echt langweilig, dieses gleichmäßige Rot. Seht uns mal an, wir sind mit Abstand die Schönsten hier. Unser Lila leuchtet wie Samt." Die Blätter berührten die Blüten, als ob sie damit noch mehr Glanz erhielten.

„Unsere Zwiebeln stammen aus dem Stadtpark. Dort wachsen nur die besten Sorten."

„Pfui, Teufel, geklaut seid ihr also. Und darauf seid ihr auch noch stolz! Schaut uns einmal an", flüsterten die Osterglocken.

„Wir haben die Sonne in unseren Blüten eingefangen. Wenn ihr richtige Blumen seid, könnt ihr uns sogar läuten hören. Wir sind mit Abstand die Schönsten hier." Sie nickten im Gleichklang mit den Köpfen.

„Hört doch auf, ihr albernen Osterglocken. Einige von euch sind ja sogar schon verwelkt. Mit euch ist es bald aus. Nein, seht uns nur an, wir sind die Schönsten hier im Garten. Wir leuchten in vielen Farben. Fangt ihr an, da vorne?"

„Wir haben das Blau des strahlenden Himmels."

„Und wir das Gelb der Sonne, aber wir sind noch nicht verblüht."

„Unser Rot leuchtet so wie ein guter Burgunderwein."

„Und unser Weiß ist das sauberste des Gartens. Seht nur, sogar die Bienen lieben uns. Wir sind eindeutig die Schönsten hier." Der Wind spielte mit ihren großen Blüten.

„Dass ich nicht lache! Ganz ordinäre Stiefmütterchen seid ihr und Stiefmütter sind immer böse im Märchen, niemals schön, das weiß doch jeder. Ja, schaut nur mal nach oben."

Ein kleiner Kirschbaum stand voll in rosa-weißer Blüte.

„*Ich* bin eindeutig der Schatz dieses Gartens. Wenn ihr alle verblüht seid, treibe ich Früchte, werde grün, später rot. *Mich* mag man am liebsten." Er schüttelte sich, einige Blütenblätter segelten auf die Stiefmütterchen herunter.

Nur das Vergissmeinnicht schwieg. Es fühlte sich schön, das reichte ihm.

In diesem Moment öffnete Barbara, meine Nachbarin unter mir, die Gartentür. Dodo, ihr Königspudel, schritt an ihr vorbei.

„Mach dich fertig!", befahl sie.

Er betrat den Rasen. Alles Raunen und Wispern hörte sofort auf. Ich spürte, wie sich etwas über dem Garten zusammenballte. Die Gänseblümchen versuchten, ihre Blüten zu schließen. Die Halme des Rasens duckten sich tief, während sich die Tulpen und Osterglocken nach hinten neigten, als ob sie sich verstecken wollten. Dodo merkte nichts von alldem, er schnüffelte hier und da auf der

Wiese und lief dann direkt auf die Tulpen zu. Dort hob er sein rechtes Hinterbein, ein Strahl traf die lilafarbigen.

„Seht nur, jetzt leuchten sie noch mehr!", lachten die Osterglocken. „Und stinken tun sie auch!"

Sie verstummten, denn der nächste Strahl traf sie.

„Die sind morgen sowieso nicht mehr da", stellten die Gänseblümchen fest.

„Dodo, mach dich fertig", rief Barbara wieder.

Dodo war ein folgsamer Hund. Wieder lief er schnüffelnd über den Grasteppich, drehte sich um seine eigene Achse.

„Nein", schrien die Gänseblümchen, bevor sie unter einem Haufen verschwanden.

Dodo richtete sich auf, kratzte mit den Vorder- und Hinterpfoten über den Rasen und riss einige Büschel raus.

Er schaute in Barbaras Richtung, als ob er fragen wollte: „Zufrieden?"

Kein Aprilscherz

Es war Montag, der 1. April. Der Automat im Vorraum der Sparkasse funktionierte nicht. Um Geld abzuheben, betrat ich deshalb die Schalterhalle.

Als ich seitlich an einem Schalter stand, hörte ich hinter mir einen Schuss. Leute schauten sich um, warfen sich auf den Boden. Ein Mann mit dunklem Anzug, hellem Hemd und Krawatte, offensichtlich ein Bankangestellter, raste an mir vorbei. Ohne zu überlegen, lief ich hinterher. Es ging durch einen Flur, eine Treppe hinunter, wieder durch einen Gang, danach verschwand der Mann durch eine Tür. Ich hechtete ihm nach.

„Tür zu!", donnerte eine Stimme. „Wir müssen die Tische dagegenstellen! Fassen Sie mit an, los!"

Das war schwierig, denn meine Lunge schien zu bersten. Außer mir und dem jungen Mann gab es noch eine junge Frau in dem Raum. Zu dritt verbarrikadierten wir die Tür. Danach erblickte ich eine vierte Person. Ein kleiner Mann mit rundlicher Figur stand mitten im Zimmer. Mit einem Taschentuch wischte er sich über das Gesicht.

„Hermännchen, schrei nicht so", flüsterte ihm die junge Dame zu, die auf ihn zueilte. Sie wirkte furchtbar lang und unglaublich dünn, sie hing quasi in dem eleganten blauen Kostüm.

„Gut gemacht." Scheinbar übersah er sie. „Geben Sie mir bitte Ihre Handys. Ich muss meinen Chauffeur anrufen. Er soll uns am Hinterausgang rausholen."

Ich zuckte zurück: „Das geht nicht, mein Sohn wartet auf mich, ich will ..."

„Tut mir leid, Herr Direktor, ich krieg keine Verbindung", sagte der junge Mann.

„Hermännchen, die Leitung ist auch tot", stellte die Dame fest.

„Sag nicht Hermännchen zu mir, für Sie bin ich Dr. Krautweiler. Her mit dem Handy!

„Es geht nicht, Doktorchen.

„Jan, kannst du mich hören?", rief ich in mein Gerät.

In dem Moment entriss mir der Direktor das Handy und donnerte los: „Das ist ja wohl die Höhe! Ich brauch die Verbindung nach draußen. Oder wollen Sie ewig hier unten bleiben?"

Wie versteinert starrte ich ihn an. Er versuchte mehrmals, jemanden zu erreichen, aber überall lief nur die Mailbox. Schließlich schrie er: „Krampe, dies ist ein Notruf, melden Sie sich sofort, Direktor Krautweiler."

Über uns wurde es sehr laut, es ertönten Schreie, wieder fielen Schüsse, Gegenstände krachten zu Boden. Ich zuckte zusammen und blickte hoch.

„Das scheint ein Überfall zu sein. Hoffentlich sind wir hier sicher." Zu mir gewandt fuhr der Direktor fort: „Ich muss Ihr Handy konfiszieren, Sie können später telefonieren. Wer sind Sie überhaupt?"

„Ich glaube, ich bin die wichtigste Person in diesem Raum." Mit diesen Worten richtete ich mich zu voller Größe auf. „Mein Name ist Heide Kowalski, ich bin Kundin Ihres Hauses. Also benehmen Sie sich bitte entsprechend. Ohne uns Kunden gäbe es schließlich keine Sparkasse."

„Lassen Sie doch bitte das Streiten!" Der junge Mann trat auf uns zu, seine rote Krawatte hing wie auf Halbmast. „Mein Name ist Plöger, ich bin Finanzmanager. Bitte, ich brauch das Handy. Meine Frau ist im achten Monat schwanger. Ich weiß nicht, was passiert, wenn sie nichts von mir hört." Er streckte seine Hand aus.

Doch der Direktor drehte sich um, vielleicht etwas zu schnell. Er verlor das Gleichgewicht, taumelte, mein Handy fiel zu Boden, Glas splitterte.

„Nein!", schrien wir alle wie im Chor auf. Es folgte eine Schrecksekunde.

„Hermännchen, was nun?", stöhnte die Frau auf.

Wild blickte der Direktor die Frau an. Es sah aus, als ob er gleich zuschlagen würde.

„Verdammt!", fluchte ich. „Statt uns hier gegenseitig zu zerfleischen, sollten wir lieber überlegen, wie wir uns alleine aus der Situation befreien können ... Wo sind wir überhaupt?"

Die Frau meldete sich: „Mein Name ist Meier. Ich bin zuständig für die Banksafes. Dieser Raum ist das Vorzimmer zu den Schließfächern."

„Haben Sie den Schlüssel für den nächsten Raum bei sich?", fragte der Direktor.

„Natürlich."

In diesem Moment ging das Licht aus. Jemand versuchte, die Tür von außen mit Gewalt aufzubrechen.

Herr Plöger deutete mit seiner Handytaschenlampe auf den Durchgang zu den Schließfächern. Wir eilten dorthin und Frau Meier schloss auf. Innerhalb weniger Sekunden passierten wir die Tür, die Frau Meier sofort abschloss. Danach hörten wir dumpfe Geräusche.

„Jemand hat sich mit Gewalt Zutritt zum Vorzimmer verschafft. Sind wir hier sicher?"

„Ja, dieser Raum mit der Tür ist bombensicher. Nur –", Frau Meier zögerte, „ich weiß nicht, wie lange die Luft zum Atmen hier reicht. Ohne Strom fällt die Belüftung aus."

„Bitte, nicht aufregen, einfach ruhig hinsetzen", ordnete der Direktor an. „Wer hat den Zweitschlüssel?"

„Hermännchen, der liegt doch oben in deinem Tresor." Frau Meier schluchzte laut auf.

„Wahnsinn", Herr Plöger zitterte am ganzen Körper, mit ihm das Lampenlicht. „Ob ich meine Frau, mein Kind jemals sehen werde?"

Der Bankdirektor sank kraftlos auf einen Stuhl, er wirkte wie ein Häufchen Elend.

Stille brach über uns herein.

Ich schloss die Augen. Wie in einem Film sehe ich mich plötzlich vor unserem Haus stehen. Mein Sohn Jan reicht mir einen Luftballon. „Halt dich dran fest!"

Ich befolge seinen Rat. Langsam spüre ich, wie ich mit dem Ballon vom Boden abhebe.

Jan nimmt alles mit meinem Handy auf.

„Das ist es", murmelte ich leise, „das Handy von Frau Meier!"

Ich schlich zum Direktor, fasste in seine Hosentasche, er merkte nichts. Ich ergriff Frau Meiers Telefon und wählte die Notrufnummer. Der Ruf ging durch.

Konzentriert beschrieb ich unsere Lage. Als Letztes fügte ich hinzu: „Die Luft wird dünn, wir können kaum atmen. Bitte helfen Sie uns, sofort!"

Alle blickten auf mich.

„Es hat geklappt", rief ich ihnen zu, „gleich werden wir befreit!"

Da gab es für Frau Meier kein Halten mehr. Sie eilte auf den Direktor zu und flüsterte: „Hermännchen, haben wir das nicht super hingekriegt?"

Sah das komisch aus in Herrn Plögers Handylicht. Sie, die Lange, die ihre dürren Arme nach ihm ausstreckte!

Er, der Kugelrunde, rollte förmlich auf die Seite. Eiskalt klangen seine Worte: „Frau Meier, keine Annäherungsversuche! Für Sie bin ich immer noch Dr. Krautweiler!" Dabei plusterte er sich mächtig auf. Plötzlich streckte er ihr seine Hand hin: „Und jetzt den Schlüssel, bitte!"

Etwas später leuchtete das Decklicht wieder auf. Der Direktor trat an den Eingang. „Sollen wir es wagen, die Tür zu öffnen?"

Ratlos sahen wir uns an. Ich betätigte wieder den Notruf. Und siehe da, vor der Tresortür standen unsere Befreier. Natürlich verließ Dr. Krautweiler als Erster stolz den Raum. Ich übergab sofort Frau Meier ihr Handy. Herr Plöger versuchte, seine Frau zu erreichen, aber vergeblich, der Akku war leer.

Wir wurden durch einen Seitengang in ein Büro geführt, wo wir unsere Aussagen machen mussten. Dabei informierte uns die Polizei darüber, was geschehen war: Drei Räuber hatten die Bank überfallen. Ein Schalterbeamter war erschossen worden, ein Kunde verletzt. Ein Räuber wollte in den Tresorraum, dieser wurde aber gefasst. Die anderen beiden waren ohne ihn und mit großer Beute getürmt.

„Die Fahndung läuft, die kriegen wir bestimmt noch!", sagte ein Polizist.

Ich murmelte nur: „Das war aber kein guter Aprilscherz."

Draußen suchte ich meinen Sohn. Er stand auf der anderen Straßenseite der Bank und reckte sich, dann sah er mich. Ich eilte auf ihn zu und flüchtete mich in seine Arme. Immerhin war er mit zwanzig Jahren 1,85 Meter groß.

Mit wenigen Worten erzählte ich ihm von unserem Abenteuer.

„Klingt das geil! Aber gut, dass dir nichts passiert ist", stellte er fest und drückte mich. Dann fragte er: „Was ist denn mit meinem alten Handy, das ich dir geliehen hab?"

(K)ein Verdacht

Ihr Partner, den sie liebevoll Herzbube nennt, machte in diesem Jahr einen Vorschlag zu ihrem fünfzigsten Geburtstag: „Lass uns eine Kurzreise in die Sächsische Schweiz, ins Elbsandsteingebirge machen. Das ist ein wunderschönes Wandergebiet mit seinen kargen, zum Teil gezackten Felsen, Schluchten und grün bewachsenen Tälern.

Ich kenne dort eine Baude, die dir nach einer Wanderung sicher gut als Einkehrziel gefallen würde. Das ist mein Geschenk für dich." Er überreichte ihr einen Gutschein für sie beide.

„Hm, das klingt super, aber dann fiele ja die traditionelle Familienfeier aus ..."

„Na ja, die könnten wir doch am darauffolgenden Wochenende nachholen."

Schweren Herzens rief sie ihre Jungs an und verlegte den Termin. Der jüngere Sohn meinte dazu nur: „Das hätte bei mir wegen eines wichtigen Geschäftstermins sowieso nicht geklappt."

Gut gelaunt wanderten ihr Herzbube und sie bei herrlichem Herbstwetter von Rathen zum Amselsee. Die Abenteuerlust trieb sie voran. Von Weitem sahen sie bereits die Staumauer, als der Herzbube plötzlich stehen blieb.

„Verdammt, mein Handy liegt im Auto! Ich muss es sofort holen, ich erwarte einen wichtigen Anruf. Am besten gehst du langsam zum See und schaust dich dort um. Ich beeil mich!" Sprach's und drehte um.

Ihre gute Laune war wie weggeblasen. In letzter Zeit wirkte ihr Herzbube ziemlich zerstreut. Mal vergaß er seine Brille, mal seine Aktentasche und sogar schon einmal sein Telefon. Er musste dann immer los, um die Sachen zu holen, und das dauerte.

Plötzlich merkte sie, wie sich ihre Gedanken zu drehen begannen. Ihr stockte der Atem. Der letzte Freitag fiel ihr ein, an dem Tag kam er mit großer Verspätung vom Dienst nach Hause. Angeblich hatte er sich für einen wichtigen Termin vorbereiten müssen.

Hatte er was am Laufen mit einer anderen, ging er fremd?

Aber hätte er ihr diese Reise dann geschenkt? Oder sollte das heute ein Abschiedsgeschenk werden?

Unbewusst war sie weitergegangen. Vor ihr lag der Bootsverleih. Sie setzte sich auf eine Bank, um nachzudenken.

Für einen kurzen Moment fühlte sie sich abgelenkt, sah auf das Wasser des Sees, der silbern schimmerte. In blauen Kähnen ruderten junge Leute, die sich gegenseitig nass spritzten. Ihr Lachen trieb sie wieder zu ihrem Verdacht zurück.

Bevor sie sich weiter hineinsteigern konnte, erklang eine tiefe Männerstimme: „Entschuldigung, junge Frau, ist hier noch was frei?" Sie schaute auf. Vor ihr stand ein gepflegter Herr um die fünfzig und lächelte sie an.

„Ja, bitte", antwortete sie. Er setzte sich ans andere Ende der Bank und sah dem Treiben auf dem See zu.

„Sie sind nicht von hier?", fragte er. Zögernd fuhr er fort: „Wenn Sie mögen, erzähle ich Ihnen etwas über das Felsenmeer hier."

Eigentlich hatte sie keine Lust auf Erläuterungen, auf der anderen Seite fand sie eine Unterbrechung ihrer Gedanken nicht schlecht.

Außerdem verströmte der Mann mit seiner Bassstimme und dem sächsischen Slang eine angenehme Aura.

Kurz entschlossen antwortete sie: „Richtig, ich mache nur heute einen Abstecher in diese herrliche Gegend."

„Ja, die Sächsische Schweiz ist ein echtes Wunderwerk der Natur. Übrigens, mein Name ist Karl Lüders, ich bin Geologe und verbringe jede freie Minute hier." Er deutete eine Verbeugung an. „Sehen Sie dort den Felsen? Der wird wegen seiner Form Lokomotive genannt." Nach einer kleinen Pause zeigte er in eine andere Richtung.

Leider konnte sie seinen Worten nicht mehr folgen, denn ein Gedankenblitz durchfuhr sie.

Wie wäre es, wenn ich meinen Herzbuben mal richtig eifersüchtig machen würde?

Mit einem verträumten Augenaufschlag schaut sie den Mann an.

An dieser Stelle verstummte er irritiert. „Ist was?"

„Nein, nein", antwortete sie und merkte, wie sie leicht errötete.

„Was war mit dem Amselfall?"

Ein Lächeln glitt über sein Gesicht.

Genau in diesem Moment baute sich ihr Herzbube vor ihr auf, die Hände hatte er in die Seiten gestemmt. „Also, hier steckst du! Ich hab dich überall gesucht!", fauchte er sie an. „Man kann dich nicht eine Minute alleine lassen."

Stille breitete sich aus, eine Stille, die peinlicher nicht sein konnte.

Sie sprang auf, hob die Schultern und sagte: „Das tut mir jetzt leid, Herr Lüders. Vielen Dank für Ihre Informationen. Einen schönen Tag noch."

Schnell zog sie ihren Herzbuben weg in Richtung Amselfall. Nach einigen Metern stoppte sie: „Weißt du, ich hab keine Lust mehr auf den Amselfall. Ich will zum Auto zurück und nach Hause fahren."

„Aber das geht nicht, überhaupt nicht. Ich hab doch in der Baude einen Tisch für uns bestellt."

„Dann ruf einfach an, blas alles ab."

Er hielt sie am Ärmel fest. „Warte doch mal." Mit großen Augen sah er sie an. „Es ist mir sehr wichtig, dass wir die Baude aufsuchen …" Die weiteren Worte fielen ihm sichtlich schwer. „Ich …", stammelte er, „entschuldige mich auch für mein Auftreten vorhin."

Poch, dachte sie, eine Entschuldigung von ihm, das gab's ja noch nie!

„In Ordnung, aber wir müssen später miteinander reden."

„Vielleicht über ein Date mit dir und dem Kerl eben?" Er blitzte sie an.

„Ja." Innerlich grinste sie einen Moment. „Aber vielleicht hab ich auch ein paar Fragen an dich."

Schweigend kamen sie an der Baude an. Sie durchquerten die Gaststube und betraten den Biergarten. Plötzlich blieb sie wie angewurzelt stehen.

Hinten, am letzten Tisch, direkt vor dem Wasserfall, saßen ihre beiden Jungs mit ihren Frauen, daneben sein Sohn mit seiner Freundin. Sie starrten auf das herabstürzende Wasser.

Etwas später erstarb die Wasserflut, stattdessen leuchtete die Felswand im Sonnenlicht.

Da ging ein Ruck durch die Kinder. Sie sprangen auf und liefen ihnen entgegen.

„Wo ward ihr denn so lange? Wir warten schon über eine Stunde auf euch", rief der jüngere Sohn.

War das eine stürmische Begrüßung: ein Drücken und Herzen, Küsschen da, Küsschen dort!

Sie nahm ihren ältesten Sohn zur Seite und fragte leise: „Weißt du, was das alles hier zu bedeuten hat?"

„Aber, Mütterchen, ihr habt uns doch offiziell mit einem Brief hierher zur Geburtstagsfeier eingeladen. Schon vergessen? Du warst nicht zu Hause und so haben wir alles mit Jörg abgesprochen."

Verdattert sah sie zu ihrem Herzbuben rüber, der ihr fröhlich zuzwinkerte. Hatte er dies alles hinter ihrem Rücken organisiert? „Chapeau", dachte sie und zwinkerte zurück.

Lili und der Rabe Goldkettchen auf der Festung Königstein

Der Westwind hatte sie hierhergeweht und da saß Lili nun. Mit einer Klaue hielt sie sich an der Spitze des Daches fest. Ihr grünes Schuppenkleid bewegte sich im Wind. Vorne, vom Hals bis zum Bauch, strahlte eine gelbe Blesse im Abendlicht. Etwas unsicher schaute sie sich um und sprach: „Wo bin ich hier?"

„Blöde Frage", krächzte jemand von einem nahestehenden Baum in einem seltsam klingenden Deutsch. „Du bist auf der Festung Königstein in der Sächsischen Schweiz."

Sie erkannte einen großen Raben.

„Gestatten, mein Name ist ‚Goldkettchen'. Wie du siehst, trage ich eins am linken Fuß. Du scheinst mir aber ein seltsamer Vogel zu sein?"

„Vogel? – Nein, ich bin das Drachenmädchen Lili aus dem Ruhrpott. Kannst du mir ein paar Fragen beantworten?"

„Gerne, aber im Moment hab ich großen Hunger. Hast du was Leckeres für mich?"

„Mal sehen." Lili holte aus einer Falte an ihrem Bauch einen Kringel Wurst heraus.

„Reicht dir ein Stück?"

Sofort landete Goldkettchen neben Lili auf dem Dach. Er pickte wild und im Nu war alles verschwunden.

Das andere Stück verstaute Lili wieder. „Also, was ist mit dieser Festung?"

„Vor vielen hundert Jahren wurde sie hier auf dem Berg von einem böhmischen König erbaut. Ringsum ließ er gegen Feinde die hohe Schutzmauer errichten. Irgendwann ging die Anlage in den Besitz Sachsens über. Es gab viele neue Eigentümer und jeder modernisierte alles zeitgemäß. Heute siehst du links an der Mauer Wachtürme, dort drüben sind die Garnisonskirche und das Neue Zeughaus." Goldkettchen wies mit dem rechten Flügel nach vorne. „Du befindest dich hier auf der Friedrichsburg, die früher ein

Beobachtungsturm war. Geradeaus ist der Markt mit dem Brunnenhaus."

„Poch, du kennst alle Gebäude?"

„Klar, hier gibt es täglich große Führungen und ich bin ein guter Zuhörer. Übrigens, da unten fließt die Elbe."

„Wie kommen die Menschen denn herauf? Sie können ja nicht fliegen wie wir."

„In der Anlage gibt es einen Fahrstuhl, der sie rauf- und runterbringt. – Aber wenn du mehr hören möchtest, musst du mir noch etwas Wurst geben."

Zögernd gab Lili ihm ein weiteres Stück.

„Eigentlich mag ich keine Militäranlagen", stellte sie fest. „Ich würde gern die Sächsische Schweiz näher kennenlernen. Kannst du mir dabei helfen?"

„Klar, flieg einfach hinter mir her."

Und schon ging's los. War das ein Felsenmeer in Grauweiß! Da gab es Berge, die zeigten nach oben, spitz, gezackt, manche sahen aus wie Märchenfiguren. Andere grobe lagen wild durcheinander oder wie aufgeschichtet. Dazwischen wuchsen Sträucher und Bäume. Überall gab es Wanderwege. Die Dunkelheit nahm zu. Gut, dass sie mit ihren Nachtaugen super sehen konnten.

„Pass auf, gleich landen wir am Amselsee. Ich will dir dort den Wasserfall zeigen."

Aber da sauste Lili an ihm vorbei. Wasser spritzte auf und machte den Raben nass.

„Spinnst du?", schimpfte Goldkettchen. Er landete am Ufer.

Eine Fontäne schoss nach oben, dann tauchte Lili auf. Sie wiegte sich voll Wohlbehagen hin und her. Laut schlürfte sie dabei vom köstlichen Nass.

„Was fällt dir ein, mich so zu erschrecken? Ich hasse Wasser! Komm sofort raus, wir müssen weiter!"

„Schade, ich liebe das Nass", rief Lili, schwamm aber rasch ans Land. „Schön ist es hier. Was hast du noch zu bieten?"

„Nach diesem Schreck geht gar nichts mehr. Da hilft nur etwas Wurst …" Goldkettchen legte den Kopf schief und sah sie von unten mit großen Augen an.

66

Lili gab ihm ein Stück. „Tut mir leid, wenn ein See auftaucht, spiele ich immer verrückt." Sie zuckte mit ihren grünen Schultern.

„Passt schon." Mit vollem Schnabel erklärte der Rabe: „Der Wasserfall dort drüben heißt Amselfall. Er wird gespeist von einem Bach, der im Moment fast überquillt."

„Toll, wie das Wasser rauscht und spritzt!" Lili strahlte.

Langsam glitt ihr Blick über die Felsenkulisse, die mittlerweile im Schein des Vollmonds lag.

„Der Berg dort drüben heißt übrigens ,Lokomotive'. Neben dir beginnt ein enger, stufiger Aufstieg zu den ,Schwedenlöchern'. Wie die meisten Wege hier kann man den nur zu Fuß machen. Wir aber fliegen jetzt an den Löchern vorbei zu unserer letzten Station."

Oben angekommen schrie Lili auf: „Poch, ist das ein Anblick!"

„Ja, das ist der Höhepunkt unseres Ausflugs: die Basteibrücke, jetzt im Mondschein, zusätzlich angestrahlt von dort drüben. Die Brücke überspannt die Schlucht Mardertelle."

Plötzlich hielt Goldkettchen an. Unter ihnen wandelte eine Gestalt.

„Pst", flüsterte der Rabe, „das muss der Ritter Kunz von Rathenstein sein. Sieh dir die Kleidung an. Laut einer Sage hat er auf der Felsenburg bei Neurathen gelebt. Jeden Tag soll er Unmengen von Bier und Wein getrunken haben, man sagt, er schwebte in einem ständigen Rausch. Als eines Tages alle Fässer leer waren, stürzte er sich von einem Felsen in die Schlucht. Sein Leichnam wurde nie gefunden. Stattdessen soll sein Geist hier um Mitternacht umherirren."

„Trinken, ich brauch was zu trinken", hörten sie ihn stöhnen.

„Komm, wir fliegen ihm nach", flüsterte der Rabe.

Der Weg führte zum ,Berghotel Bastei'. Dort betrat der Ritter das Haus durch eine Hintertür. Geräuschlos folgten ihm die beiden in einen Raum. Von einem Versteck aus beobachteten sie, wie der Ritter Wein- und Bierreste aus allen dort stehenden Gläsern trank. Nachdem es nichts mehr gab, verschwand er durch die Tür, die laut hinter ihm zufiel.

Sofort versuchte Lili, die Tür zu öffnen, aber vergeblich. Panik erfasste sie. Dann aber konnte sie ein Fenster aufmachen, durch das Goldkettchen als Erster verschwand.

Als Lili ihm folgen wollte, verhakte sich ihr Schwanz an einem Tischtuch. Es gab einen Höllenlärm, alle Gläser zersprangen klirrend auf dem Boden. Lili gab Gas, ein großes, weißes Tuch zog sie wie eine Schleppe hinter sich her.

Aus dem oberen Stockwerk rief jemand: „Seht nur, der Ritter Kunz ist ein echtes Gespenst geworden! Es kann sogar fliegen!"

„Hilf mir, das Tuch muss weg", stöhnte Lili auf.

Goldkettchen gab sein Bestes. Schließlich sahen die beiden, wie das Tuch runter in die Schlucht segelte.

Beschwingt flogen Goldkettchen und Lili zur Festung Königstein zurück, wo sie wieder auf der Friedrichsburg landeten. Lili hielt sich mit einer Klaue an der Spitze des Daches fest. Ihr grünes Schuppenkleid und ihre gelbe Blesse leuchteten im Mondschein.

Goldkettchen hüpfte von einem Bein aufs andere, schließlich erklärte er atemlos: „Lili, durch deine Aktion bekommt die Sage neuen Zündstoff: ‚Seht ihr das weiße Tuch? Das hat der Ritter Kunz verloren!' So wird es heißen."

„Das klingt echt cool." Lili strahlte.

Plötzlich zuckte sie zusammen: „Oje, ich werde vor Tagesanbruch wieder im Ruhrpott erwartet. Da muss ich mich mächtig beeilen. Leb wohl, Goldkettchen! Und vielen Dank für den tollen Ausflug!"

Weg war sie.

„Schade um die leckere Wurst …", krächzte der Rabe. Er ließ die Flügel hängen und sah ihr traurig nach.

Manchmal, auf leisen Sohlen ...

Irgendwie erscheint ihr heute alles anders. Sie liegt im Bett, ihr Blick fällt aufs Fenster. Dicke Regentropfen perlen an der Scheibe herunter. Der Wind heult ums Haus. Wieder so ein Tag, an dem man am besten gleich liegen bleibt.

„Nein, nein", sagt sie sich, schmeißt die Bettdecke auf den Boden, das Kopfkissen folgt. Sie beginnt mit ihrer „Morgengymnastik", auf dem Rücken liegend werden Beine, Arme, Bauch kräftig bewegt. Beim Rücken kommt Unlust auf, egal, da muss sie durch. Am Ende schlüpft sie in ihr Laufdress. Nur noch einen Schluck Wasser trinken, dann geht es hinaus.

Es gießt, alles sieht grau aus. Sie schüttelt sich, startet zum Sportplatz. Einige verschlafene Gesichter tauchen hinter den Gardinen des Nachbarhauses auf. Sie winkt ihnen zu, sofort wirken die Fenster leer, nur die Gardinen bewegen sich.

Der Weg führt bergauf, sie atmet tief ein. Nein, sie joggt nicht, sie versucht zu walken, findet ihren Rhythmus. Als sie oben ankommt, bleibt sie plötzlich stehen. Ihr Atem geht stoßweise, ihr Herz pocht. Sie starrt nach vorn. Es ist ihr, als ob sich vor ihr ein schwarzes Loch auftut. Eine Windbö bläst in ihr Gesicht. Danach verspürt sie einen Sog, der sie in das Loch zu ziehen scheint. Sie schließt die Augen. Regen prasselt nieder. Entschlossen öffnet sie die Augen wieder, blickt auf: „Geh weiter", sagt sie sich, „das ist nur das Mistwetter." Schneller werden ihre Schritte. Oder ist es die Einsamkeit, die sie gerade einzuholen droht? Ein Dreivierteljahr ist Bernd tot. Sein Gesicht taucht vor ihrem auf. Er blickt sie groß und fragend an. Sie wischt sich übers Geesicht, sofort verschwindet sein Bild. Nicht oft sieht sie ihn, aber wenn, dann spürt sie absolute Hilflosigkeit. Tränen rinnen herab, vermischen sich mit dem Regen. „Du musst nicht weitergehen", sagt sie sich und kehrt spontan um. Außen und innen spürt sie Nässe, Kälte, Leere.

Sie schließt die Haustür auf. „Wo kommen Sie denn her?", ertönt eine Stimme hinter ihr. Sie eilt die Treppe rauf.

„Äh, muss schnell zur Toilette!" Das ist doch nicht ihre Stimme? Die verdammte Haustür, warum lässt sie sich immer so schwer öffnen?

„Na, wo steckt deine Brille?" Wieder taucht Bernd vor ihr auf, diesmal mit seinem spöttischen Lächeln. Wie von Furien gehetzt eilt sie in ihre Wohnung, schmeißt die Tür ins Schloss.

„Das war keine gute Idee heute mit dem Walken", denkt sie und betrachtet ihr Gesicht im Spiegel. Es glänzt vom Regen und von den Tränen. Ja, sie ist allein, und heute wird ihr das wieder einmal bewusst.

Das Telefon schrillt. Sie rast durchs Zimmer, wo liegt es nur? Da, wo es hingehört natürlich, in der Box. Ihre Stimme klingt fremd, brüchig.

„Ja, bitte?"

„Hallo, Klara, hier ist Ursel. Ich wollt mal um die Ecke schauen, wie es dir bei dem blöden Wetter so geht?"

Klara schluchzt kurz auf. Sie atmet durch, dann antwortet sie: „Ehrlich gesagt, echt beschissen. Ich bin durch die Anlage gewalkt, wollte mal richtig durchatmen. Aber stattdessen überfiel mich mein Leben ohne Bernd und dann bin ich richtig pudelnass geworden. Nun will ich nur noch eine Dusche und einen heißen Kaffee."

„Kaffee klingt gut! Wie wär's denn, wenn wir den zusammen schlürfen? In einer halben Stunde könnte ich bei dir sein."

Klara zögert einen Moment, dann sagt sie: „Super, beeil dich!"

Unter der Dusche merkt sie, wie sich die Leere und die Einsamkeit mit dem Dunst auflösen. Ursel ist ihre beste Freundin, die ihr schon so viel geholfen hat. Ein Spruch fällt ihr ein, den sie Ursel vor Jahrzehnten ins Poesiealbum geschrieben hatte: *Immer, wenn du meinst, es geht nicht mehr, kommt von irgendwo ein Lichtlein her!'*

Und dieses Lichtlein wird Ursel – nicht nur heute – für sie sein …

Mein Freund Pit

„Schau mal, so einen Hund möcht ich auch haben, der sieht total niedlich aus."

Das hör ich oft. Wenn die nächste Frage kommt: „Wie heißt er denn, darf ich den mal streicheln?", dann wird mein Herrchen Pit ganz groß vor Stolz und ich natürlich auch.

„Das ist Petzi, klar kannst du ihn streicheln. Das findet er prima."

Pit ist ein richtiger Lausbub. Wir sind sehr gute Freunde und ein starkes Team.

Eines Nachmittags kamen drei Kumpels von Pit vorbei, um uns beide zum Fußballspielen abzuholen. Pit nahm mich an die Leine, unser Ziel war der Friedhof, wo es am Eingang eine Wiese gibt. Dort wartete ich leider vergeblich darauf, dass ich endlich frei über den Rasen sausen durfte. Stattdessen leinte Pit mich an einem Baum an. Ich bellte, lief hin und her, aber es half nichts. Pit legte seine Jacke vor mir auf den Boden und sah mich fest an: „Petzi, Platz! Und pass gut auf die Jacke auf!" Er verschwand in ein nahes gelegenes Gebüsch und holte etwas Kugeliges heraus. Roch das gut! Warum nur durfte ich nicht mitspielen?

Die Jungs bauten mit Jacken ein Tor und los ging es. Als die Kugel einmal an mir vorbei kullerte, wollte ich sie festhalten. Sofort rief Pit: „Petzi, aus, mach Platz!"

Nach kurzer Zeit schoss ein Junge das runde Ding wieder ins Gebüsch, griff nach seiner Jacke und schrie: „Die Polizei kommt, schnell weg hier!" Alle rannten fort, auch mein Herrchen.

Ich sprang auf und zerrte vergeblich an der Leine. Tat das weh. Nach kurzem Aufheulen bellte ich die beiden schwarz gekleideten Männer an, so laut ich konnte, und fletschte dabei die Zähne.

„Ist doch gut, Hundchen. Aus! Da hat dich dein Herrchen wohl vergessen."

„Platz!", sagte der andere und sah mich mit einem Blick an, der mich zutiefst erschreckte. Ich gehorchte. Aber nur für kurze Zeit, dann legte ich wieder los.

„Lass ihn doch bellen, umso schneller kommt der Junge zurück, um diesen Mistköter zu holen."

Ich roch Pit bereits von Weitem, jaulte auf und wackelte mit dem Schwanz.

„Siehst du", frohlockte der erste Polizist, „da ist er ja."

Dann wandte er sich an Pit, er schien dabei noch ein Stück größer zu werden. Seine Stimme klang rau und barsch: „Wenn du deinen Hund haben willst, musst du schon näherkommen." Ein Grinsen ging über sein Gesicht.

„Ansonsten bringen wir ihn gleich ins Tierheim."

Da stand Pit und zitterte ein wenig. Es sah aus, als ob er gleich losheulen würde

„Wir haben nichts gemacht. Wir haben doch nur Fußball gespielt", brach es aus ihm heraus.

„Fußball? Hier auf dem Friedhof?", schrie er Pit an. Sein Gesicht glühte auf wie eine rote Lampe.

„Und wo ist der Ball bitte?"

Der zweite Polizist mischte sich ein: „Wie heißt du überhaupt, und wo wohnst du?" Der Ton machte mich wahnsinnig. Ich bellte los.

„Petzi, aus, mach Platz", herrschte mich Pit an. Ich legte mich hin. Pit wandte sich wieder an die Polizisten und stotterte: „Pit, Pit Blume. Ich … Ich wohn in der Nähe." Er schluchzte auf. „Dies ist die einzige Wiese, wo wir spielen können. Hier gibt's doch sonst nur Trümmer überall."

„Auf dem Friedhof darf man trotzdem nicht Fußball spielen, das ist dir doch klar, nicht wahr? Und nun die wichtigste Frage: Wo ist der Ball?"

„Ich weiß es nicht, sicher haben ihn die anderen."

„Wie dem auch sei, nimm jetzt deinen Hund und deine Jacke, wir gehen zu deinen Eltern. Dort kannst du erzählen, was ihr hier gemacht habt." Dann drohte er mit dem Zeigefinger: „Versuch nicht wegzulaufen, wir sind eh schneller als du!"

Pit hob seine Jacke auf, band die Leine vom Baum los und gab den Befehl: „Petzi, komm mit!"

Ich stand auf.

Sie nahmen Pit in die Mitte, ich schlich angeleint hinter ihnen her, mit gesenktem Kopf und hängendem Schwanz.

Zu Hause öffnete Pits Vater die Tür. Sofort sträubte sich mein Fell. Ich bellte, was das Zeug hielt, denn ich spürte, dass es gleich großen Ärger geben würde.

„Moment, die Herren! Pit, sperr sofort den Köter weg!"

Pit führte mich zum Badezimmer, stupste mich hinein und zog die Tür hinter sich zu.

Gedämpft hörte ich Stimmen, dann, wie sein Vater Pit anschrie: „Na, warte, das gibt gleich was!" Die Haustür fiel ins Schloss, die Männer waren anscheinend fort.

Jetzt hielt mich nichts mehr. Ich musste hier raus, mein Herrchen würde gleich sicher eine Abreibung mit der „Wimmelquieke", einem kurzen Gummischlauch, kriegen.

Da kam mir die Idee: Ich sprang hoch und erreichte tatsächlich mit den Pfoten die Klinke. Mit einem Ruck sprang die Tür auf. Ich bellte wie verrückt und stürzte auf Pits Vater zu, der ihm gerade den ersten Schlag versetzte. Nach meinem Lärm konnte Pit aus dem Raum fliehen, ich biss Vater von hinten in die Hose, erwischte dabei die Wade.

„Nur zu", dachte ich, „gib's ihm!"

Vater schrie auf, drehte sich nach mir um. Ein Schlag traf meinen Rücken. Jaulend rannte ich hinter Pit her und hörte gerade noch, wie Vater der Mutter zurief: „Lenchen, hilf mir! Der verdammte Köter hat mich gebissen."

Pit kniete in Mutters Nähzimmer hinter dem Wäschekorb. Er strich vorsichtig mit seinen Händen über seinen Rücken und seinen Po. Sofort warf ich mich vor seine Knie, während er zu mir herunterglitt, eine Hand stützte seinen Kopf ab, die andere strich kraulend über mein Fell.

„Gut gemacht, Petzi, bist mein braver Hund." Dabei nahm er meinen Kopf hoch und sah mir in die Augen. Nach einer Pause schluchzte er auf.

„Alles ist doof, nirgends können wir Fußball spielen. Es gibt keinen Platz, auch keine Bälle, und nun dürfen wir nicht mal mehr die Wiese auf dem Friedhof benutzen." Er schniefte laut.

„Schon gar nicht mit einem Totenkopf." Tränen liefen über seine Wangen. „Es könnte ja der Kopf von Opa Louis sein."
„Ein Totenkopf", dachte ich. „Deshalb roch das so lecker."
Langsam schleckte ich mit der Zunge über sein Gesicht.

Nie wieder

Am Frühstückstisch erklärt Mutti: „Kay, Vati und ich kommen heute Abend erst gegen 19:00 Uhr zurück. Ist das für dich okay?"
„Klar", antworte ich als braver Sohn, „ich gehe nachmittags noch zum Basketball. Bis später also …"
Nachdem sie weggefahren sind, wird mir klar: Heute schwänze ich die Schule! Gestern Abend habe ich durch einen Türspalt beobachtet, wie Vati etwas ins obere Fach des Kleiderschranks gelegt hat. Ich wüsste zu gerne, was das war.
Nach dem Öffnen finde ich einen Film mit dem Titel: „Hausmeister Frank und seine Schwälbchen." Offensichtlich ein Pornofilm. Ich bin entzückt. Sicher denken meine Eltern, meine Freunde und ich leben noch hinterm Mond. Dabei gibt es unter uns Jungs gerade kein interessanteres Thema als Sex. Hier, spüre ich, kann ich richtig was lernen. Neben dem Film steht ein Projektor, den ich sofort aufbaue. Nach dem Verdunkeln des Zimmers geht es los. Beim Betrachten der ersten Bilder verspüre ich ein angenehmes Kribbeln in der Leistengegend. Dann macht es plötzlich Ratsch, ein Filmende schlackert durch Luft und wird immer länger. Sofort schalte ich den Apparat aus und erstarre. Ein Filmriss! Was nun? Wenn Vati den bemerkt, gibt es eine Wucht, die sich gewaschen hat. Spontan fällt mir Herr Meier ein. Er ist der Vater meines Schulkameraden Paul und betreibt einen Fotoladen in der Stadt. Ich kenne ihn ganz gut. Die Frage ist, ob er einen Pornofilm für einen 13-jährigen Jungen reparieren kann und will? Egal, da muss ich jetzt durch. Mit dem Fahrrad düse ich zum Laden. Herr Meier ist da.
„Na, Kay, was kann ich für dich tun?"
Ich hole die Filmrolle aus der Jackentasche. Mein Gesicht brennt wie Feuer. Zögernd lege ich sie auf den Ladentisch, die beiden Enden sagen alles.
Er nimmt die Rolle hoch und starrt auf den Titel: „Oho, das ist aber heiße Ware, von wem hast du die denn?" Er grinst.
Jetzt hilft nichts mehr, ich muss die Wahrheit sagen.

„Hab sie mir heimlich von meinem Vater ausgeborgt und dann ist es passiert, einfach so …" Ich schluchze. „Können Sie das bitte wieder in Ordnung bringen? Ich weiß sonst nicht, was ich machen soll. Mein Vater ist sehr streng."

Über die Lesebrille sieht mich Herr Meier kritisch an. „So, so, von deinem Vater. Und streng ist er auch noch." Jetzt bekommt sein Blick etwas Raubtierhaftes. „Ich kann das reparieren. Es kostet aber mindestens 10 Mark. Und ich brauche dafür Zeit."

Mir wird schwindelig. Wo soll ich bloß das Geld hernehmen? „Geht das bitte bis 17:00 Uhr?", frage ich.

„Ich werd's versuchen." Er überreicht mir einen Abholschein. „Bis nachher, also."

Es ist halb zwölf. Natürlich habe ich kein Geld. Da hilft auch kein Grübeln. Als Einzige fällt mir Oma ein. Zu ihr rase ich mit dem Rad, dreißig Kilometer hin und wieder zurück.

Gern hilft sie hilft mir aus der Klemme. Den wahren Grund meiner Notlage verschweige ich wohlweislich.

Pünktlich um fünf stehe ich wieder in Herrn Meiers Laden.

„Da bist du ja, Kay. Ich hab den Film repariert. Es war allerdings sehr zeitraubend."

Mir wird flau, ich ahne Böses.

„Ich muss leider 15 Mark dafür berechnen. Bis 18:00 Uhr bin ich noch hier. Das schaffst du sicher."

So ein Mist, denke ich und verlasse den Laden. Zu Hause gelingt es mir, aus verschiedenen Manteltaschen die fehlenden 5 Mark zusammenzuklauben.

Kurz vor sechs Uhr betrete ich den Laden.

Herr Meier strahlt: „Hat ja geklappt, Kay." Nachdem ich bezahlt habe, überreicht er mir den Film: „Pass beim nächsten Mal besser auf!"

Da bin ich auch schon weg. „Erpresser", schnaube ich in mich hinein.

Zu Hause bemerke ich: Die Küchentür steht auf. Mutti hantiert am Herd. „Schön, dass du da bist, Kay, ist alles okay?"

„Tag, Mutti, klar, ich muss nur ganz schnell aufs Klo und anschließend duschen."

„Super." Ich schließe die Tür und schleiche über den Flur ins Elternschlafzimmer. Den Film lege ich in das Fach zurück, verschlie-
ße es und lege den Schlüssel in den kleinen Kasten. Eben aus dem
Zimmer zurück, höre ich, wie Vati die Wohnung betritt. Es gelingt
mir gerade noch, das Bad zu erreichen, ohne dass er mich sieht.
Nach dem Verschließen der Tür atme ich auf. Geschafft! Rasch
ziehe ich mich aus und stelle mich unter die Dusche.

Plötzlich ertönt Vatis Stimme aus dem Schlafzimmer: „Klara,
komm doch bitte mal her!"

Mir stockt der Atem. Sofort drehe ich die Dusche ab und lau-
sche.

Mutters leichter Schritt über den Flur ist zu hören. „Was gibt es
denn? Warum schreist du so?"

Ich sehe in den Spiegel. Wasser tropft von meinem Gesicht.

„Warst du an meinem Fach heute?"

Ich werde blass.

Mutter lacht auf: „Was ist los mit dir, hast du Geheimnisse vor
mir?"

Vatis Stimme wird laut: „Du weißt, dass niemand etwas in meinem
persönlichen Fach zu suchen hat. Auch du nicht." Dann etwas lei-
ser: „Ich lege den Schlüssel immer in diesen Kasten und zwar mit
der Markierung nach oben." Sekunden vergehen, danach poltert er
los: „Ja, und sieh nur, jetzt liegt er andersrum."

Es folgt ein kurzes Schweigen. Ich schließe die Augen und zähle:
„Eins, zwei, drei ..." Etwas muss ich jetzt tun, sonst platze ich. Ich
will nach dem Handtuch greifen, erstarre jedoch in der Bewegung
bei Muttis Worten: „Eigentlich weißt du genau, dass ich niemals an
deine Sachen gehe."

Dann wird sie energischer: „Stattdessen habe ich *dich* neulich beim
Schnüffeln in meinen Briefen überrascht." Kleine Pause. „Kann es
vielleicht sein, dass du abgelenkt warst und der Schlüssel liegt deshalb jetzt so hier?" Ihre Stimme schwillt wieder laut an: „Jedenfalls
nervt mich deine Geheimniskrämerei und dein Misstrauen kränkt
uns alle furchtbar!"

Vati räuspert sich. Ich drücke mein Ohr fest gegen die Tür. Nach
einer längeren Pause passiert es, er, mein ewig rechthaberischer

Vati, lenkt ein: „Ist ja schon gut, mir war nur so … Vielleicht sollte ich mich an dieser Stelle bei dir entschuldigen." Er hüstelt kurz. „Wo steckt eigentlich Kay?"

Etwas später klopft Mutti an die Tür. Schnell binde ich mir ein Handtuch um die Taille und lass sie herein. Sie schließt die Tür und baut sich vor mir auf. Ihr Blick scheint mich zu durchbohren. Dabei flüstert sie mit drohendem Finger: „Nie wieder!"

Ich blicke zunächst auf den Boden, dann antworte ich leise: „Versprochen, nie wieder!" Ich sehe ihr tief in die Augen. Ein kräftiger Händedruck besiegelt das Ganze.

Nur Mut!

In einer Nacht Mitte Mai passierte an der Burgruine Hardenstein an der Ruhr etwas Merkwürdiges. Um Mitternacht kamen viele junge Drachen zusammen und bildeten einen großen Kreis. Der alte Drachenkönig Ares hatte sie zu diesem Treffen aufgefordert. Er suchte eine Vertretung für sich, denn er wollte eine Reise zu einem Drachenkönig im hohen Norden machen.

Da saßen sie nun, in der Mitte stand Ares. Ihre Augen leuchteten wie kleine Feuer. Der Drachenkönig blickte jeden Einzelnen durchdringend an. Plötzlich stöhnte er laut auf: „Wo ist Lili? Was hat sie jetzt wieder angestellt?"

Niemand antwortete.

Vor seiner Staffelei saß ein alter Maler mit seiner Palette. Mit schnellen Pinselstrichen porträtierte er ein junges Drachenmädchen, das rechts vor ihm stand. Leuchtend grün schillerte das Schuppenkleid, eine gelbe Blesse bildete sich vom Hals bis zum Schwanz ab. Ihr Maul war weit aufgerissen, es sah aus, als ob sie gleich Feuer speien würde. Die stechenden Augen blickten den Maler provozierend an. „Na, kleine Lili, da staunst du, wie ich dich so lebensecht auf die Leinwand gebannt habe, nicht wahr?" Er lehnte sich zurück und nahm einen großen Schluck Rotwein zu sich.

Wie aus einem Traum schreckte Lili hoch. „Tut mir leid, großer Meister, ich muss fort, mein Drachenkönig ruft mich!" Sie sprang auf, reckte und streckte sich, danach schüttelte sie sich kräftig, dass die Schuppen nur so raschelten. Mit wildem Blick tapste sie an dem Maler vorbei, der erschrocken zurückwich. „Leb wohl!" Lili spannte ihre Flügel auf und verschwand durch das offen stehende Fenster ins Freie.

„Lili, hörst du mich?" Das war die Stimme des Drachenkönigs.

„Ja, was gibt's?"

„Du hast zum dritten Mal unser Treffen vergessen. Alle Drachen warten auf dich. Folge einfach meinem Feuerstrahl – und keine Fisimatenten, ist das klar?"

„Okay!"

Lili gab Gas. Sie sauste durch die dunkle Nacht hinter dem Strahl her. Irgendwann erkannte sie schemenhaft die weißen Blütenblätter eines Kirschbaumes unter ihr. Hm, roch das lecker. Abrupt hielt sie an, drehte und landete auf einem dicken Ast. Sofort riss sie mit ihrem Maul einige Blüten ab, die sie gierig verschlang.

„Lili, was soll das? Wir müssen uns beeilen."

„Ich hab aber einen Riesenhunger, hm, schmeckt das himmlisch!"

„Hör sofort auf und folge meinem Strahl, sonst …"

„Gleich, aber erst muss ich satt werden, dann werden wir sehen", sagte Lili und schmatzte weiter.

„Wenn du jetzt nicht mitkommst, wirst du augenblicklich in die Drachenhölle verbannt!", drohte der Drachenkönig.

Zögernd lehnte Lili sich zurück. Dabei spürte sie, dass sie um einige Zentimeter gewachsen war.

„Also gut …"

Ein letzter sehnsüchtiger Blick fiel auf den Kirschbaum, danach flog sie schnell hinter dem Strahl her. Als sie unter sich einen schimmernden See erblickte, stoppte sie. „Jetzt ein kühles Bad nehmen und dabei viel trinken, das wäre es …", murmelte sie. Aus großer Höhe ließ sie sich fallen und platschte ins Wasser. War das ein super Gefühl, wie die Wogen durch ihr Schuppenkleid glitten. Eine ordentliche Fontäne kam kurz nach dem Auftauchen aus ihrem Maul. Sie drehte und wendete sich im Kreis.

Das fand der Drachenkönig gar nicht gut. „Bist du verrückt geworden? Flieg sofort weiter!"

„Hab ich gerade keinen Bock darauf." Hin und her wiegte sie sich und voller Genuss schleckte sie dabei Wasser.

„Du wiederholst dich, du willst mich verdammen. – Nichts für ungut, zeig mir den Weg."

Lili schüttelte sich heftig. „Oh, ich bin wieder gewachsen", stellte sie fest, bevor sie dem Strahl folgte.

Gerade, als sie auf neue Anweisungen des Drachenkönigs wartete, wurde es hell vor ihr. Die Blitze trafen sie und verursachten ihr starke Schmerzen. Sie kamen aus dem aufgerissenen Maul des Drachenkönigs, der sie dabei laut verfluchte: „Du verdammtes Drachenmädchen! Du weißt, was auf Ungehorsam steht. Ich, dein Drachenkönig Ares, werde dich hier auf der Stelle verdammen. Nie wieder kommst du danach auf die Erde zurück. Nein, du wirst auf ewig in der Drachenhölle schmoren."

Da richtete sich Lili zu voller Größe auf. Sofort merkte sie, dass sie genau so groß war wie Ares. Das gab ihr Kraft. Sie flatterte, tänzelte hin und her und wich geschickt den Angriffen des Drachenkönigs aus.

„Nur zu, krieg mich doch!", rief sie. Dann blieb sie plötzlich stehen, blähte ihr Maul auf und traf den Drachenkönig mit einem riesigen Feuerball. Der Drachenkönig jaulte auf, hielt sich mit den Vorderbeinen seinen großen Bauch.

„Bist du wahnsinnig geworden? Was soll das? Ich bin hier der König, du hast einfach nur zu gehorchen. Ab mit dir in die Hölle!"

In diesem Moment brach ringsum die Erde auf. Überall kamen kleine Drachen heraus und umringten die beiden. Ihre Augen funkelten und gaben dem Platz Licht. Es roch nach Kampf auf Leben und Tod.

„Wer hat euch gerufen? Aber da ihr schon einmal hier seid, fesselt sie!", befahl der König.

Nichts geschah. Es herrschte Ruhe vor dem Sturm. Plötzlich ertönten Rufe: „Haut euch, schlagt euch, haut euch, schlagt euch …" Wieder und wieder tönten die Worte gleich einem Schlachtruf.

Wie von Sinnen versuchte der König, sich auf Lili zu stürzen, die aber blitzschnell zur Seite sprang. Mit ihrer rechten Pranke schlug sie kräftig zu.

„Weiter so, Lili!", stachelten die kleinen Drachen sie an.

Der eine Hieb zeigte große Wirkung. Fetzen des Kamms und viele Schuppen flogen durch die Luft, aus einer Wunde tropfte But. Der König schwankte, ging zu Boden.

Einen Moment herrschte totale Stille, dann aber schrien alle fast einstimmig: „Juchhe, Lili hat den Drachenkönig besiegt!"

Sofort klatschten sie mit den Vorderpfoten. Danach wollten sie, wie nach alter Tradition üblich, den Verlierer auffressen.

„Haltet ein!" Mit diesen Worten stellte sich Lili schützend vor Ares.

Auf der rechten Seite hatten sich bereits Drachen herangeschlichen. Ihre Augen glänzten vor Tatendrang. Im letzten Moment konnte Ares sich vom Boden abdrücken. Umgeben von einer Feuerwolke entschwand er Richtung Himmel.

„Lili", sagte der Anführer der kleinen Drachen „Du hast super gekämpft! Da taucht bei uns die Frage auf, ob du wohl unsere erste Drachenkönigin werden möchtest?"

Lili zögerte einen Moment. Dann schlug sie einen Purzelbaum in der Luft. Erschrocken wichen die Drachen zurück. Direkt vor ihnen richtete sich Lili auf.

„Ist das ein tolles Angebot! Euer Vertrauen ehrt mich."

An dieser Stelle wackelte sie mit dem Kopf hin und her, bis sie entschlossen innehielt. Sie funkelte die Drachen an: „Aber ich muss leider passen. Mit dem Sieg über Ares habe ich meine Freiheit erhalten. Groß und stark fühle ich mich, ja, seht nur, ich bin um einige Zentimeter gewachsen", dabei richtete sie sich auf. „Ab heute möchte ich nur noch das tun, was mir Spaß macht: Fressen und saufen, so viel ich will und worauf ich Lust habe, schlafen, mit wem ich will und, wenn ich möchte, Menschen helfen oder sie necken. Vielleicht versucht ihr auch einmal, dieses Gefühl der Freiheit zu spüren, das wünsche ich euch. Nur Mut!"

Sie winkte und flog davon, ihre Augen durchdrangen munter die Nacht.

Schatzsuche

„Großonkel Oskar war stets ein fröhlicher Junggeselle. Er lebte hier in diesem Haus ganz alleine. Mein Bruder Pit und ich haben ihn gerne besucht. Er hatte immer Zeit für uns. Ja, er hat uns nach Strich und Faden verwöhnt."

Das erzählte Klara ihrem frisch gebackenen Ehemann Lars.

„Was er allerdings nicht vertragen konnte, war –", sie sprach leise weiter, „wenn wir nicht auf ihn hörten oder wenn wir jemanden geärgert hatten. ‚Das sieht alles der Nikolaus', polterte er dann los. So konnten wir am 6. Dezember eine Abrechnung erleben. Denn für Bestrafungen selbst war Onkel Oskar viel zu gutmütig."

„Ich bin gespannt, wie es ausgeht, wenn morgen sein Testament verlesen wird. Deine Eltern erben sicher das Haus! Toll, dass wir es heute ansehen dürfen. Lass uns mit dem Dachboden beginnen", forderte Lars Klara auf. Mit einer Stange holte er die Bodentreppe herunter.

„Nach Ihnen", flötete er.

Mutig stieg sie nach oben.

„Nicht so schnell, ich möchte doch gerne die Beine meiner kleinen Ehefrau bewundern."

Eine Hand griff nach ihrer Wade.

Sie erhöhte das Tempo. „Nicht so stürmisch, junger Mann", säuselte sie. Oben angekommen, umarmten sie sich. Ein warmes Gefühl durchströmte beide.

„Was war das denn?", stieß plötzlich Klara aus und wich einen Schritt zurück. „Hast du auch diesen Pfeifton gehört?"

Sie sahen sich entgeistert an.

„Da ist er wieder", flüsterte sie.

Lars suchte nach einem Schalter.

Das trübe Deckenlicht ließ Klara noch mehr erschauern. Kreuz und quer standen und lagen dunkle Möbelstücke und ausgebleichte Teppiche, außerdem Kisten mit Spielzeug. Eine dicke Staubschicht bedeckte alles.

„Komm, wir verschwinden", sagte Klara leise.

„Nein, wir werden doch wohl nicht so schnell aufgeben. Das sind wir deinen Eltern schuldig."

Lars kramte aus einer Hosentasche sein Handy hervor, das er als Taschenlampe einsetzte.

„Lass uns das Durcheinander mal näher betrachten. Vielleicht finden wir was."

„Und das Geräusch?"

Lars griff nach ihrer Hand. Vorsichtig gingen sie los.

Als sie mitten im Raum angekommen waren, erkannten sie eine große Holzkiste.

„Halt mal das Handy, ich will sie öffnen!" Lars hob langsam den Deckel an. Beim Umkippen glitt ihm dieser jedoch aus der Hand und krachte zu Boden.

Erschrocken sprang Klara einen Schritt zurück.

„Komm schon. Du möchtest doch sicher auch sehen, was in der Kiste ist", versuchte er sie zu ködern. Er leuchtete und griff dann hinein. Alte Mäntel, Jacken, Hosen kamen zum Vorschein, sicher von dem Onkel. Plötzlich hielt er eine kleine Schmuckschatulle hoch.

„So, die nehmen wir mit und sehen sie uns am besten draußen an." Er stopfte die Schachtel in die Hosentasche.

Sie gingen weiter. Das Licht fiel auf einen Umriss. Klaras Atem stockte. Saß da etwa jemand? Bevor sie jedoch etwas sagen konnte, trat Klara auf etwas Weiches. Da erscholl ein lautes Lachen, erst tief, dann schrill.

Das war zu viel für die beiden. Sie rasten zur Tür zurück. Atemlos starrten sie in den Raum, dann erstarb das Gelächter.

Klara rieb sich die Augen und atmete tief aus und ein. Bilder tauchten auf, die sie nun auch loslachen ließen: „Das muss Onkel Oskars Lachsack gewesen sein. Den hat er immer angemacht, wenn es überhaupt nichts zu lachen gab." Sie rang nach Luft.

„Das Beste aber war, dass er versuchte, noch lauter zu lachen als der Sack. – Was machen wir jetzt?"

Lars grinste sie an. „Schade, dass ich deinen Großonkel nicht kennenlernen konnte. Er hatte bestimmt viel Humor, nicht wahr?"

Klara nickte. „Ja, das hatte er. Umso mehr vermisse ich ihn heute.“

Betreten blickten sie auf die Schmuckschatulle. Beim Öffnen fiel ein Zettel heraus:

Für dich, Klara,

ich hoffe, du hattest keine Mühe, die Juwelen zu finden. Sie gehörten einst meiner Mutter. Dir möchte ich sie hiermit schenken.
Noch etwas: Such weiter!

Dein Onkel Oskar!

„Such weiter?“ Klara starrte erst Lars an, dann die Notiz. Was bedeutete das? Waren sie Akteure eines Suchspiels? Mutig betraten sie erneut den Raum. Sofort fühlte sich Klara wie eingeschnürt.
Als wieder der Pfeifton dicht vor ihnen ertönte, blieben sie abrupt stehen. Im Schein des Handys erkannten sie eine Person, die auf einem Stuhl saß. Ein roter Mantel umhüllte sie. Das Gesicht kam den beiden sehr bekannt vor: rosig, weißer Bart, goldene Brille, umrahmt von weißem Haar, über dem die rote Mütze thronte.
„Das glaub ich nicht, ein Nikolaus, hier auf dem Dachboden?“ Lars gab ihm einen leichten Stoß. Die Figur kippte zu Boden.
„Man staune, nur eine Puppe“, stellte Klara erleichtert fest.
„Der Pfeifton kommt von der Decke, da schauen wir später nach. Aber fällt dir zu dem Typen was ein, Klara?“
„Ich glaub schon. Mein Onkel liebte die Adventszeit. Vor allem den Nikolaustag. Ein Freund schlüpfte dann in ein Kostüm, wahrscheinlich in dieses hier.“
Sie hielt inne, Erinnerungen kamen hoch.
„Onkel Oskar hatte das ganze Jahr unsere Schandtaten gesammelt und ins Buch eingetragen“, fuhr Klara fort. „Das Schlimmste aber war, wenn der Nikolaus sie am 6.12. wie eine Anklageschrift vortrug.“
Lars hob etwas hoch. „Meinst du dieses Buch hier?“

Sie nickte. „Am Ende schlug er mit der Rute auf den Tisch, dass uns Hören und Sehen verging."

‚Kinder, wollt ihr mir versprechen, dass ihr euch ab sofort bessert?'

Wir standen da und fühlten uns kleiner als ein Däumling. Sagen konnten wir nichts, nur nicken. Nach einer Pause grinste Nikolaus übers ganze Gesicht. Dann kramte er Geschenke aus seinem Sack, die er uns mit einem Augenzwinkern gab.

Lars legte das Buch auf einen Stuhl. Mithilfe der Lampe konnten sie die Einträge und Daten erkennen.

„Ihr habt ja ganz schön was angestellt", meinte er und las laut vor: „Kaninchen gequält, Mutters Brille mit Butter beschmiert, Onkel Oskars Pfeife mit Pfefferminz eingerieben, in der Klasse eine Maus losgelassen." Er stockte.

„Sieh mal, hier steht der letzte Eintrag:

Liebe Klara,

halte dieses Buch in Ehren. Wenn du das hier liest, sehe ich dir sicher von Wolke sieben zu. Ihr wart für mich eine Bereicherung, auch wenn das manchmal nicht so rüberkam.

Deinen Bruder habe ich früher bedacht. Dir aber schenke ich dieses Haus. Werde glücklich damit,

dein Onkel Oskar
6. Dezember 1999

„Klara, er hat dir das Haus vermacht!" Lars sah sie mit leuchtenden Augen an.

„Wirst du das Erbe annehmen?"

Da drängte sich Klara fest an ihn. Sie führte seine Hand über ihren leicht gerundeten Bauch.

„Klar, jemand muss hier ja die Tradition weiterpflegen. Und du, hilfst du mir dabei?"

Ein langanhaltender Kuss versprach mehr als alle Worte.

Schwarzer Freitag

Klara und ihr Mann Bernd saßen am Frühstückstisch in der Küche. Das Radio spielte „What a wonderful world", der Kaffee dampfte in den Tassen vor ihnen. Rechts neben Bernds Teller lag das letzte Foto vom Lieblingsenkel Aron. Er lachte seinen Opi fröhlich an.

„Kommt der Junge morgen?"

„Ja, du wolltest ihm noch Malstifte besorgen", antwortete Klara.

„Mach ich. Wann geht dein Zug?" Er blickte sie groß über seine Lesebrille an.

„Um neun."

Er sah auf seine Armbanduhr.

„Dann musst du gleich los."

Sie nickte.

Er würde heute alle Teppichböden saugen und dabei stark schwitzen. Sie wollte mit ihrer Busenfreundin per Bahn nach Düsseldorf fahren, um dort in der Kunsthalle die Ausstellung „Picasso – Malen gegen die Zeit" zu sehen.

„Wann bist du zurück?"

„Gegen fünf etwa. Tschüs, bis nachher." Sie gab ihm einen flüchtigen Kuss auf die Stirn, dann eilte sie hinaus.

„Viel Spaß und bring mir was Schönes mit!", hörte sie ihn noch rufen.

Eine Stunde später betraten Klara und Ursel die Ausstellung, die gut besucht war. Im ersten Raum trennten sie sich, denn sie wollten sich zunächst alleine einen Überblick verschaffen. Klara trat an die linke Wand. Dort hingen einige pralle weibliche Akte, wie aufgeblättert. In den Bildern hatte sich Picasso verewigt, und zwar in verschiedenen Posen und Verkleidungen: mal in Ritterrüstung, mal als Gärtner oder als Maler mit stets lüsternem Blick. In der Körpersprache wirkte er jedoch ohnmächtig, den sexuellen Freuden schien er nicht mehr gewachsen zu sein. Bei einem Selbstbildnis, das wie vom Tode gezeichnet wirkte, blieb sie stehen. Er schaute sie an, mit leerem Blick. Sie bekam eine Gänsehaut. Schnell wandte sie sich ab. Beim Umdrehen erkannte sie: Es war die Vielzahl der Gemälde, denen das Altern und der „Geruch" des Todes anhaftete. Das ließ sie erschauern. Gleichzeitig wurde ihr bewusst, dass auch sie sich mit über sechzig Jahren ihrem Verfallsdatum näherte. Sie setzte sich auf eine Bank und dachte nach. Da kam Ursel auf sie zugeeilt. Mit hochrotem Gesicht deutete sie auf den Ausgang. Ja, beide wollten nur noch raus, ins Sonnenlicht treten, die Frühlingsluft einatmen.

Die Rückfahrt verlief ruhig. Am Bahnhof verabschiedeten sich die beiden und Klara lief nach Hause. Schon beim Aufschließen der Eingangstür rief sie: „Hallo, Bernd, da bin ich wieder! Gibt's was Neues?" Sie beschloss, ihm nicht die negativen Eindrücke zu erzählen, sonst käme sicher so ein Kommentar wie: „Wärst du mal besser bei mir geblieben. Hier gab es nichts Tödliches."

Er antwortete nicht. Sie rief noch einmal lauter, war er auf dem Klo? Nein, alles Suchen blieb erfolglos. Das Telefon läutete. War er das? Nein, jemand hatte sich verwählt.

Etwas später schellte es an der Haustür. Bestimmt hatte Bernd seinen Schlüssel vergessen. Sie eilte zur Tür und öffnete. Ein fremder Mann stand dort.

„Mein Name ist Stolberg, ich bin von der Kripo." Er zeigte seinen Ausweis. „Ich muss was mit Ihnen besprechen, darf ich reinkommen?"

„Ja, äh … natürlich, ja, sicher."

Sie betraten die Küche, wo Klara ihm einen Stuhl am Tisch anbot. Sie setzte sich gegenüber und sah ihn erwartungsvoll an.

„Sie waren heute tagsüber nicht zu Hause?"

„Nein." Sie erzählte von dem Besuch der Ausstellung, beschrieb auch ihre Eindrücke.

Er zögerte einen Moment.

„Waren Sie dort alleine?"

„Nein, mit meiner Freundin. Wir sind zusammen mit der Bahn gefahren." Irgendwie klangen die Fragen komisch.

Was sollte das hier werden?

„Sie wollen sicher wissen, warum ich Sie aufsuche? Es geht um ihren Mann."

„Ja, wo steckt er denn? Er müsste eigentlich hier sein."

„Frau Walter, ich muss Ihnen eine traurige Nachricht überbringen."

Ihr war, als ob jemand ihr den Teppich unter den Füßen weggezogen hätte.

„Wie, was ist passiert, ist er …?", stammelte sie.

„Er kam aus dem Haus und hatte gerade den Gehweg betreten, als er einfach umfiel. Der Versuch des Notarztes, ihn wiederzubeleben, blieb erfolglos." Der Polizist senkte den Blick.

Langsam wurde ihr bewusst, was sie da gehört hatte. Sie starrte auf den Tisch, versuchte durchzuatmen und kämpfte gegen die Tränen.

Der Polizist ließ ihr etwas Zeit, dann fuhr er fort: „Bei einem solchen Tod wird immer die Kripo eingeschaltet. Es könnte ja sein, dass ein Fremdverschulden vorliegt. Aber Sie waren ja nicht hier."

Sie starrte ihn an. „Ich liebe meinen Mann! Wir sind seit mehr als vierzig Jahren zusammen. Ich könnte ihm niemals etwas Schlechtes wünschen, geschweige denn etwas antun. Niemals!"

Hilflos merkte sie, wie die Tränen über ihre Wangen liefen.

Er reichte ihr ein Taschentuch.

„Verzeihung, ich musste das sagen." Zögernd sprach er weiter: „Die nächste Frage ist für uns äußerst wichtig. War Ihr Mann vielleicht krank?"

Sie nickte.

„Er hatte einige gesundheitliche Probleme. Aber er war erst vorgestern beim letzten Check-up und da war alles okay." Aus einem Schrank holte sie Bernds Medikamente und den Einnahmeplan. Wie ordentlich er ist, dachte sie.

„Darf ich alles mitnehmen? Wir brauchen das für unsere Ermittlungen."

„Sicher, aber wie geht es nun weiter?", fragte sie leise und rieb sich übers Gesicht.

„Ihr Mann ist jetzt in der Pathologie. Ein Ärzteteam entscheidet, ob er obduziert werden muss. Wünschen Sie denn seine Obduktion?"

Laut schluchzte sie auf. Sie sah Bernd vor sich, wie er den Kopf schüttelte. „Auf keinen Fall, damit würde er ja auch nicht wieder lebendig."

Der Polizist erklärte ihr die folgenden Abläufe, die sie sich notierte. Danach stand er auf und reichte ihr die Hand: „Mein herzliches Beileid, Frau Walter."

Ein stechender Schmerz durchfuhr sie.

‚Die Zeit heilt Wunden', sagt ein Sprichwort. Nach und nach bekam Klara ihr Leben ohne Bernd in den Griff. Ihre Familie und ihre Freundin halfen ihr dabei. Jedoch hatte Picasso tiefe Spuren in ihrem Herzen hinterlassen. Immer, wenn sie ein Bild aus seiner späten Schaffensphase sah, musste sie an den Freitag denken. Mit dreiundsechzig war Bernd viel zu früh gestorben.

So viel Pech und (k)ein Ende

Manchmal kann eine Fahrt in die Ferien zum Abenteuer werden. In einem Wohnmobil reisen Papi Klaus, Mami Heidi, Uwe, neun, und seine Schwester Eva, sieben Jahre alt. Kurz vorm Ziel Kroatien wird es richtig hektisch.

So ruft Uwe in höchster Not: „Papi, ich muss ganz nötig pieseln! Halt bitte, bitte an!"

„Heidi, sag deinem Sohn, dass das hier in der Stadt nicht geht."

‚Komisch', denkt Heidi, ‚immer, wenn es brenzlig wird, sind plötzlich unsere Kinder nur ‚mein Uwe', ‚meine Eva' oder ‚meine Blagen.' Egal, ich sollte ihn jetzt nicht reizen.'

„Hast du gehört, Uwe? Du musst noch ein bisschen warten. Oh, seht mal, da hinten blitzt etwas Blaues, was mag das wohl sein?", versucht sie ihn abzulenken.

„Mami, ich hab Hunger. Mir tut der Bauch richtig weh!"

„Nicht schon wieder!", knurrt Klaus. „Heidi, gib ihr ein Brötchen!"

„Geht nicht, wir haben alles aufgegessen. Wir sind schließlich schon achtzehn Stunden unterwegs."

„Ich hab aber trotzdem Hunger. Ich will endlich eine Pizza essen. Ihr habt sie mir versprochen!", jault Eva weiter.

„Wie lange dauert es noch? Ich kann echt nicht mehr anhalten." Uwe rutscht auf dem Sitz hin und her.

„Verdammt noch mal!", schreit Klaus auf. „Heidi, halt deine Blagen still! Ich muss mich auf die Fahrt konzentrieren!" Er haut mit der rechten Faust aufs Lenkrad.

Genervt schaut Heidi aufs Navi.

„Wisst ihr was?", verkündet sie plötzlich fröhlich, „in fünfzehn Minuten erreichen wir unseren Campingplatz in Selce. So lange müsst ihr durchhalten, klaro?"

Dabei dreht sie sich um und sieht die Kinder mit zusammengekniffenen Augen und schmalen Lippen an.

In diesem Moment bremst Klaus scharf. Ein Passant rettet sich mit einem Satz auf den Bürgersteig.

„Idiot, hast du keine Augen im Kopf?"

Heidi schreit auf und fasst an sich an ihren Nacken.

„Was ist denn mit dir los, fängst du jetzt auch an zu meutern?" Klaus' Gesicht läuft rot an.

„Fahr nicht so schnell, wir sind in Kroatien." Eine Träne rollt Heidi über die Wange.

Etwas später tönt das Navi: „Sie haben Ihr Ziel erreicht."

„Super, endlich!", rufen alle wie aus einem Mund, bevor Klaus vor einer Einfahrt anhält. Dort stehen vier Wohnmobile vor ihm. Er wartet einen Moment. Nichts bewegt sich, niemand ist zu sehen.

„Was ist da denn los, soll das eine Blockade sein?" Verärgert öffnet Klaus die Tür.

Uwe steigt gleichzeitig mit ihm aus.

Klaus schaut sich um. „Uwe, komm, wir gehen da drüben hinter die Büsche."

Sie verschwinden. Mami bleibt bei Eva, die gerade eingeschlafen ist.

Hinter Klaus und Uwe taucht plötzlich ein wild aussehender Mann auf, mit weißem, langem Haar und weißem Rauschebart.

Er baut sich vor den beiden auf.

„Ihr sein Deutsch?", fragt er sie.

„Ja, was gibt's? Wir geben kein Geld", braust Klaus auf.

„Ihr tun pinkeln, ist verboten. Ich machen Foto." Stolz hält er sein Handy hoch, auf dem Klaus und Uwe in eindeutiger Pose auf dem Display zu sehen sind.

„Kosten 20 Euro. Oder ich Policija rufen? Dann kosten 40 Euro."

„Das geht gar nicht, her damit." Klaus greift nach dem Smartphone.

Der Mann weicht zurück. „Nix da, du zahlen."

„Gib ihm das Geld!", ruft Klaus mit hochrotem Gesicht Heidi zu, die sofort nach ihrem Portemonnaie greift.

Danach verschwindet der Mann schleunigst.

„Papi, sieh mal, der Hund pinkelt unser Auto an! Darf der das?"

Tatsächlich, ein kleiner Hund hebt gerade am Vorderreifen das Bein.

Klaus läuft auf ihn zu. „Du verdammter Köter, lässt du das wohl sein!"

Der Hund nimmt Reißaus, rast auf eine Frau zu und springt auf ihren Arm.

„Was soll das?", ruft die Frau, „mein Herkules ist ein anständiger Hund."

„Poch, der kleine Hund heißt Herkules!", Uwe schnappt nach Luft.

„Er hat unser Auto angepinkelt!" Klaus zeigt empört auf das Rad.

Die Frau baut sich groß auf. „Mein Herkules tut so etwas nicht."

Da reißt sich der Köter los, stürmt auf Klaus zu und beißt ihn ins Bein. Mit einem lauten Ratsch ist die Hose kaputt. Klaus schreit auf, wehrt sich, schlägt um sich.

Der Hund wird zur Bestie, bis ein Tritt ihn aufheulen lässt. Dann saust er, wie von Furien gehetzt, zu seinem Frauchen zurück.

Vergeblich ruft Klaus: „Halt, stehen bleiben!"

Doch da sind die beiden schon fort.

Heidi kramt ein Pflaster hervor und klebt es auf die Wunde, die leicht blutet.

„Au", stöhnt Klaus auf, „sei vorsichtig!"

„Jetzt stell dich nicht so an. Übrigens, hast du eine Tetanusimpfung?", fragt sie.

„Nein, warum?"

„Wegen Wundstarrkrampf. Dann müssen wir –."

„Nichts da!" Er dreht sich um. „Ich geh jetzt zur Rezeption. Wir können ja nicht ewig hier stehen bleiben."

‚Mittagspause von 12 bis 13 Uhr', liest er an der Eingangstür.

Er humpelt zurück.

„So ein Mist, wir müssen noch eine halbe Stunde warten."

Er schaut sich um. Vor und hinter ihm stehen Wohnwagen, von den Besitzern fehlt jede Spur. Er wendet sich an Heidi.

„Gib mir bitte mal Geld. Die Kinder und ich holen von drüben Pizzen. Essen können wir gleich hier."

„Au ja!" Uwe und Eva springen auf und klatschen in die Hände.
Heidi geht zu ihrem Sitzplatz und erstarrt. Ihre Handtasche liegt nicht dort. Runter gefallen ist sie auch nicht.
„Oje", stöhnt sie auf. „Meine Tasche ist weg … Mit dem Geld!"
„Das darf doch nicht wahr sein, kannst du nicht auf deine Sachen aufpassen?"
Alle suchen, aber die Tasche bleibt unauffindbar.
Klaus schimpft wie ein Rohrspatz.
Heidi schaut aus wie ein geprügelter Hund.
Eva schreit: „Ich hab Huuunger!"
„Ruhe!", ruft Klaus und schaut jeden einzeln an. „Denkt bitte nach: Hat jemand von euch irgendwas Auffälliges bemerkt?"
Zögernd meldet sich Eva: „Mami, eben als ich aufgewacht bin, hat mich eine Hexe mit bösem Blick durchs Fenster angeguckt. Ich wollte dich rufen, aber da hat sie erst einen Finger auf ihren Mund gelegt und danach mit demselben Finger heftig gedroht."
„So ein Mist! Man hat uns bestohlen! Ich fass es nicht!", stöhnte Klaus.
„Wer weiß die Nummer der Polizei in Kroatien?" Er holt sein Handy raus. Erleichtert spürt er dabei sein Portemonnaie in der Hosentasche.
Ein Wohnwagenbesitzer, der gerade auftaucht, kann helfen.
Die Verbindung klappt, doch Klaus hält das Handy erschrocken weit von sich. Fremde Worte schallen ihm entgegen, wie das Geknatter eines Maschinengewehrs.
„Sprechen Sie Deutsch?", fährt er dazwischen.
Kleine Pause, dann hört er eine weibliche Stimme, die ihn auf Deutsch anspricht.
Langsam und deutlich berichtet Klaus von ihrem Missgeschick. Am Ende nennt er ihre Adresse.
„Sie stehen bleiben, wir gleich kommen."
Allmählich tauchen die Besitzer der Wohnmobile auf. Die Schranke öffnet sich. Die ersten vier fahren los. Klaus bleibt stehen. Von hinten ertönt eine tiefe Stimme:
„Was ist? Wollt ihr da übernachten?"
„Wir sollen hier warten, die Polizei kommt gleich."

Wieder ertönt die Stimme: „Das darf doch nicht wahr sein! Du versperrst uns den Weg. Fahr sofort rechts rüber, dort ist Platz genug, das sieht doch ein Blinder."

Bevor die vier in den Wagen steigen können, sagt Eva leise: „Mami, mir wird schlecht, ich kann nicht mehr …"

Und dann liegt sie auch schon vor der Beifahrertür auf dem Boden, kreidebleich.

Sofort bemühen sich Heidi und Klaus um sie.

Plötzlich wird die Familie von einer Handvoll Menschen umringt.

Hinter ihnen ertönt eine Fistelstimme: „Soll ich dir Beine machen, du Penner?"

In diesem Moment kommt ein Polizeiauto mit Blaulicht angerast. Ein Polizist vertreibt die Gaffer, dann telefoniert er kurz entschlossen.

Die Polizistin wendet sich auf Deutsch an Klaus.

Heidi kümmert sich um Eva.

Etwas später trifft ein Krankenwagen ein. Zwei Pfleger untersuchen Eva, die langsam ihre Augen wieder öffnet.

„Mami, wo bin ich? Was wollen diese Leute hier?"

Heidi umarmt ihr Kind. „Alles wird gut, beruhige dich."

Irgendwie haben es die Gaffer geschafft, wieder näherzukommen. Gespannt sehen sie dem Treiben zu.

„Mami, ich hab so einen Hunger. Wo bleibt denn die Pizza? Ihr habt mir doch eine versprochen."

„Hört nur, verhungern lassen sie das Kind!" Dann lauter: „Rabeneltern!"

Ein Plfeger vom Krankenwagen holt aus dem Auto eine Tüte.

Er lacht und sagt: „Du Hunger? Hier, essen Brötchen."

Eva reißt es ihm fast aus der Hand und beißt sofort hinein.

Armer Uwe, ihm läuft das Wasser im Munde zusammen, bis Eva ihm etwas abgibt.

Nachdem auch Klaus verarztet ist, entfernt sich der Krankenwagen wieder.

Während Klaus und Heidi mit der Polizei verhandeln, werden die Wohnmobilbesitzer unruhig. Die Polizistin deutet an, dass Klaus rechts rüberfahren soll. Alle setzen sich ins Auto und Klaus startet, doch der Wagen springt nicht an. Wieder und wieder versucht er es, vergeblich.

Von hinten ertönt die Fistelstimme erneut: „Kommt, wir schieben den Penner an die Seite. Luxuswagen fahren, aber die Kinder verhungern lassen! Wo gibt's denn so was?"

Nach kurzer Zeit rollt der Wagen. Klaus lenkt ihn auf die rechte Seite. Danach fahren die Wohnmobile an ihnen vorbei, entrüstet starrt man die Eltern an.

Alle machen ihre Aussage, auch Eva über die Frau mit dem bösen Blick. Nachdem sie die Anzeige unterschrieben haben, können sie endlich zur Rezeption gehen.

Dort ist man sehr freundlich zu ihnen. Ihr Missgeschick hat sich wohl rumgesprochen. Ein Angestellter schaut in den Computer, wo er sofort die Anmeldung findet. Plötzlich jedoch verfinstert sich sein Gesicht. Er schaut Heidi und Klaus an.

„Das tut mir jetzt sehr leid. Sie wissen, dass Sie einen Tag zu früh hier sind? Ihr Platz wird erst morgen frei. Und das Schlimme ist: Wir sind total ausgebucht."

Heidi und Klaus sehen sich an. Ehe Klaus losschimpfen kann, schnappt Heidi nach Luft. Sie wankt und wirkt total benommen.

Klaus fängt sie auf, wobei er stöhnt: „Es ist zum Verrücktwerden. Mach jetzt bloß nicht auch noch schlapp."

Leicht beklopft er ihre Wangen, da spürt er einen Stoß gegen seinen Schuh.

„Mami, was ist los?", rufen die Kinder erschrocken.

Ein Angestellter eilt mit einem Glas Wasser herbei.

„Durchatmen, Heidi. Komm, trink was", flüstert Klaus.

Langsam überwindet Heidi den Schwächeanfall.

Alle Mitarbeiter der Rezeption suchen plötzlich fieberhaft nach einer Lösung. Und siehe da: Sie finden eine Möglichkeit in der hintersten Ecke des Campingplatzes.

Beim Abendbrot stellt Klaus fest: „War das Durcheinander heute! Aber Mamis Einsatz in der Rezeption hat sich gelohnt. Und ich hab sie dabei kräftig unterstützt."

„Mami, hast du das extra gemacht?" Uwe sieht sie mit großen Augen an.

„Es hat funktioniert …" Heidi lächelt verschmitzt und zuckt mit den Schultern. „Und nun lasst uns endlich Pizza essen!"

Spurensuche

Acht Uhr abends. Omi und Imke saßen gemütlich auf dem Sofa. Omi blätterte in einer Fernsehzeitung. Imke trug bereits den Nachtpolter und kuschelte sich an Omi. Dann kam die große Frage: „Omi", sie zog das „i" in die Länge, „hast du was Süßes für mich?"

„Oh je, die letzte Schokolade haben wir eben verputzt. Mal sehen." Omi schob sich eine Haarsträhne aus dem Gesicht, dann strahlte sie. „Wir können uns Karamellbonbons machen, hast du Lust?"

„Karamellbonbons selber machen? Ja, klar! Super, wie geht das?"
Omi stand auf. „Wir brauchen nur Zucker und eine Pfanne."
Imke sprang auf und eilte zu ihr an den Herd.
Während der Zucker bräunte, fragte Imke: „Woher kannst du das?"

Omi schwenkte die Pfanne. „Das ist eine lange Geschichte … Willst du sie hören oder lieber gleich fernsehen?"

„Zuhören, erzähl bitte!"

„Also gut … Als ich so alt war wie du, sieben, zogen wir, meine Eltern, also deine Urgroßeltern, und meine Geschwister Ulla, Walter und Peter und ich von einem kleinen Dorf in Hessen nach Bochum. Wir hatten in dem Ort eine sehr schöne Zeit verbracht. Es gab keine Bomben, keinen Krieg, keine Ruinen. Unsere Freunde lebten auf Bauernhöfen, wir bekamen immer was zu essen. Wie anders sah es aus, als wir mit einem alten Lastwagen, vollgepackt mit Möbeln, in unsere Straße hier einbogen."

„Sah das so schlimm aus wie eben in den Nachrichten, überall kaputte Häuser?", fragte Imke.

„Ja, stell dir vor, wir zogen ein in ein Haus, das nur aus dem Erdgeschoss bestand, darüber waren nur noch Reste von Mauern zu sehen. Mit Feuereifer schleppten wir die Möbel in unsere Wohnung. Wir hatten ein Kinderzimmer mit vier Betten, ein Elternschlafzimmer, ein Wohnzimmer mit einem runden Tisch, sechs Stühlen und einem Geschirrschrank. In der Küche wurde auf einem Kohleofen gekocht. Wasser mussten wir draußen von einer Pumpe holen. Du kennst doch so eine vom Spielplatz nebenan. Vater war sehr stolz auf unsere Einrichtung. Er hatte die Möbel alle selbst gebaut."

„Aber, Omi, wo waren denn das Klo und die Dusche?"

„Das ist eine spannende Frage. Wenn wir mussten, nahmen wir Zeitungspapier mit und gingen nach draußen über den Hof. Dort hinten in einer Ecke stand ein gemauertes Häuschen mit einer Holztür. Da drinnen befand sich das Plumpsklo. Man setzte sich auf den Rand eines Lochs und los ging's."

„Hat das nicht furchtbar gestunken?" Imke hielt sich die Nase zu.

„Natürlich, aber es gab ja nichts anderes. Zeitungspapier war auch kein Hit."

„Und wo habt ihr geduscht?"

Da lachte Omi auf: „Das ging so: Im Keller stand ein riesiger Kupferkessel auf einem Herd. Hier wurde die Wäsche eingeweicht und gekocht. Samstags war Badetag. Das Wasser wurde auf Badetemperatur erhitzt und ein Kind nach dem anderen hüpfte rein. Mutter schrubbte uns mit Kernseife ab, danach tauchten wir unter. Die Seife brannte mächtig in den Augen und den Geruch habe ich immer noch in der Nase."

„Warst du die Letzte?"

„Ja, ich war ja die Jüngste. Zwischendurch kam heißes Wasser aus der Küche dazu. Ich hör Mutter noch vor jedem Wechsel sagen: „Dass du mir bloß nicht in die Wanne pinkelst!"
Meine Schwester Ulla rubbelte uns anschließend mit einem rauen Tuch trocken."

Imke durfte jetzt ein Stück Karamell probieren.

„Hm, das schmeckt ja echt lecker. Habt ihr auch Schokolade bekommen?"

„Selten. Ab und zu brachte Vater eine Tafel mit. Dann rief er uns. Wir mussten uns der Größe nach in einer Reihe aufstellen, während er sich vor uns aufbaute. Hinter seinem Rücken zauberte er das erste Stück hervor und sagte dann zur Ulla: ‚Mund auf, Augen zu!' Dann legte er ihr das Stück auf die Zunge. Jedes Kind kam dran. Der Rest wurde ein anderes Mal verteilt. Das war übrigens so schön wie Weihnachten."

„Hattet ihr Spielzeug?"

„Kaum. Ich besaß eine Puppe von meiner Schwester. Aber das war nicht wichtig. Es gab im Umfeld viele Kinder. So waren wir am liebsten draußen. Wenn wir einen Ball hatten, spielten wir Treib- oder Völkerball auf der Straße. Verstecken in den Trümmern war auch ein wunderbares Spiel. Oder wir balancierten über Eisenträger. Du musst wissen, zwei Meter tiefer lagen Schutt und Steine. Das war eine richtige Mutprobe."

„Ist denn mal was passiert?"

„Bei uns nicht, da hätten wir zusätzlich noch Strafen bekommen! Denn das war absolut verboten."

„Strafen? Etwa Hausarrest?"

„Nein, Vater wollte eine Etage aufstocken. Zement hatte er besorgt. Zum Bauen brauchte er Ziegelsteine, die lagen überall rum. Meine Brüder klopften pro Tag von fünfzig Steinen den Mörtel mit einem Hammer ab. Das war sehr mühselig. Wenn Strafen anstanden, mussten sie halt zwanzig oder dreißig Steine mehr bearbeiten. Dann blieb ihnen keine Zeit mehr zum Spielen."

„Und was hast du gemacht?"

„Ich hab die Steine so aufgeschichtet, dass Vater sie zählen konnte. Da war er sehr genau."

Imke starrte Omi entrüstet an: „Das ist ja Kinderarbeit!"

„So würde man es heute nennen. Wir haben das aber nicht so empfunden, denn jedes Kind bekam ja irgendwann sein eigenes Zimmer."

Omi sah auf die Uhr: „Oh, ich glaube, es ist Schlafenszeit für dich."

„Bitte, noch nicht, Omi, das ist alles so spannend. Erzähl bitte weiter!"

„Okay", Omi strich ihr über den Kopf. „Nimm dir noch ein Stück Karamell. Und dann kommen wir zum Schluss. Du musst wissen, Zucker gab es kaum. Mutter passte höllisch auf die wenigen Vorräte auf. Wenn die Eltern aber mal ausgingen, holten wir die Pfanne raus. Das ging dann zu wie in einer Hexenküche, und gestunken hat es auch. Anschließend mussten wir alles gut reinigen und wegräumen."

„Seid ihr mal erwischt worden?"

„Einmal, da kamen die Eltern zu früh wieder nach Hause. Wir hatten fürchterliche Angst. Aber statt zu schimpfen, fragte mein Vater: ,Habt ihr für Mutti und mich noch etwas übriggelassen?'"

Imke schob sich das letzte Stück in den Mund. „Omi, das schmeckt wirklich super – kein Wunder, dass eure Eltern auch was haben wollten."

Stille breitete sich aus

Er richtete sich auf und taumelte ihr entgegen. Einen Moment verharrten sie voreinander, dann fielen sie sich in die Arme.

„Sag, dass wir alles nur geträumt haben!", flüsterte Bernd.

Aber es war kein Traum.

„Benni, das Essen ist fertig!", hörte er seine Frau Heidi rufen.

Verdammt, immer dieses ‚Benni', ich mag das nicht. Mein Name ist Bernd, Punkt, aus.

Langsam erhob er sich aus seinem dunkelgrauen Fernsehsessel.

In diesem Moment ging die Tür auf, Heidi schaute herein und prompt breitete sich Bratenduft aus.

„Wo bleibst du? Es ist angerichtet!", flötete sie.

„Komm gleich, fang schon mal an!", murmelte er und ging ins Badezimmer.

Wieder ärgerte er sich: Kann sie nicht einfach den Klodeckel schließen? Sie weiß doch genau, wie sehr ich es hasse, wenn er offensteht.

In Kampfstimmung betrat er das Esszimmer.

„Du siehst angespannt aus, ist was?" Heidi musterte ihn von oben bis unten.

Muss er immer diese Schlabberbuxe und die Gammeljacke tragen, schien ihr Blick zu fragen.

„Kann sein …", knurrte er und ließ sich auf seinen Stuhl fallen.

Sein Blick glitt über den Tisch. Was bedeutete das, dieser festliche Anblick: das gute Geschirr, die Kerzen, dazu Weingläser?

„Hab ich was verpasst, gibt's was zu feiern? Du weißt doch, ich trink nur Bier."

„Ich hab ein neues Rezept ausprobiert, dazu gehört trockener Rotwein."

Plötzlich sah sie aus, als ob sie in eine Zitronenscheibe gebissen hätte. „Wenn du Bier trinken willst, weißt du ja, wo du es findest."

Hastig griff sie nach ihrem Weinglas, das sie in einem Zug leerte.

Er sprang auf und holte sich geräuschvoll eine Flasche, aus der er einen großen Schluck nahm. Danach bemerkte er nebenbei: „Du hast wieder den Toilettendeckel nicht runtergeklappt!"

„Unser Abend fängt ja gut an", stellte sie fest und kniff die Lippen zusammen.

Bernd kramte aus seiner Jackentasche einen Block hervor und schrieb ein paar Zeilen.

„Dein Handy geht. Willst du nicht nachsehen, wer an dich denkt?", fragte er lauernd.

„Nein, den Gefallen tu ich dir nicht. Ich weiß, dass du genau darauf wartest", stellte sie fest und leerte ihr Glas erneut.

„Deine Mutter will uns übrigens besuchen, das hast du sicher nicht vergessen."

Gut gemacht, verriet seine Mimik, nachdem sie gesehen hatte, wie er zusammengezuckt war.

„Das passt jetzt gar nicht. Sag ihr ab." Schweißperlen traten auf seine Stirn. Die hat mir gerade noch gefehlt.

Er verzog das Gesicht und schob seinen Teller weg.

„Ist das meine oder deine Mutter? Du solltest ihr schon selber sagen, dass sie bei dir nicht willkommen ist."

Das reicht, durchfuhr es ihn wie ein Blitz. Ich muss mich ablenken, sonst platze ich.

Mit hochrotem Gesicht sprang er auf. Entschlossen schaltete er den Fernseher ein und scrollte durch die Fußballtabellen, während im zweiten Programm Liebeserklärungen ertönten.

In diesem Moment läutete es an der Haustür Sturm.

Heidi und Bernd sahen sich erschrocken an. Wer mochte das sein, um neun Uhr abends? War was passiert?

Schließlich eilte Bernd zur Tür, die er mit einem Ruck aufriss. Dann erstarrte er: Zwei vermummte Gestalten standen vor ihm und begannen, ihn zu attackieren.

„Hau ab, Heidi!", konnte er noch rufen.

Sofort wurde es ihr bewusst – das war ein Überfall. Ich muss weg, muss Hilfe holen, sagte sie sich. Blitzschnell durchquerte sie das Esszimmer, das Wohnzimmer, hinten den Flur, lief ins Badezimmer und verschloss die Tür.

Sie hörte Schritte, dann rüttelte jemand an der Klinke.

Als sie bereits durch das Fenster geglitten war, gab es einen mächtigen Knall.

Nur keine Panik jetzt, dachte sie. Lauf nicht zum Nachbarn, da können sie dich abfangen, renn in Richtung Wald.

„Verfluchte Scheiße, sie ist uns entwischt!", ertönte es hinter ihr.

Ihre Augen hatten sich an die Dunkelheit gewöhnt. Nach dem Verlassen ihres Grundstücks tauchte vor ihr der große Busch auf, hinter dem sie sich versteckte.

Als sie zurücksah, erkannte sie, wie ein Motorrad in Richtung des einen Nachbarn brauste.

Verdammt, die Hölschers sind heute im Theater, ihre Tochter ist alleine zu Hause, fiel ihr ein.

Etwas später hörte sie wütendes Hundegebell. Sie atmete auf: Richtig, Hölschers Dogge gilt als äußerst wachsam, die lässt keine Fremden ins Haus.

Plötzlich schreckte sie auf: Das Wichtigste hätte sie beinah vergessen. Mit zittrigen Fingern holte sie ihr Handy aus der Hosentasche und wählte den Notruf der Polizei. Die Verbindung klappte. Flüsternd schilderte sie ihre Situation und wo sie sich befand.

Eigentlich sollte sie der Polizei berichten, was gerade passierte, aber der Akku ihres Handys versagte.

Gebannt schaute sie auf ihr Haus. Das Motorrad stoppte vor der Eingangstür, die sich sofort öffnete.

Im Scheinwerferlicht sah sie, wie jemand mit einer Last auf der Schulter aus dem Haus kam.

Er schwang sich auf den Soziusplatz des Motorrades. Danach raste das Gefährt Richtung Stadt.

Stille trat ein. Sie hockte noch immer hinter dem Busch und merkte, wie ihr die Beine einschliefen. Langsam richtete sie sich auf, dabei begann ihr Körper heftig zu zittern. War es die Kälte, die langsam an ihr hochkroch? Oder die Dunkelheit, die ringsum herrschte? Ein beklemmendes Gefühl gesellte sich dazu. Du bist hier ganz allein. Kalter Schweiß bildete sich auf ihrer Stirn. Das Atmen fiel ihr schwer. In diesem Moment durchfuhr sie der Gedanke: Du darfst jetzt nicht schlappmachen, was ist mit Benni?

Energisch richtete sie sich auf. „Benni!", schrie sie, dann rannte sie los.

Er lag im Flur auf dem Boden, hielt die Augen geschlossen und lauschte. Nichts war zu hören, nur die Küchenuhr tickte. Das machte ihn total nervös.

Bleib ruhig, vielleicht sind die Räuber noch hier, dachte er. Vorsichtig öffnete er ein Auge, Finsternis umfing ihn. Alles blieb ruhig und dunkel. Er spürte, wie sich eine ungeheure Anspannung in ihm aufbaute. Es roch nach Angst.

Als Junge hatte er immer gegen solch ein Gefühl laut gesungen, sich Mut gemacht. Mit welchem Lied noch mal? Da musste er laut lachen. Erschrocken hielt er inne und lauschte. Aber nichts geschah, nichts war zu hören, nur die Küchenuhr tickte. Komisch, jetzt fand er das auf einmal angenehm.

Er atmete durch, dann zuckte er zusammen. Es näherten sich Schritte, das Flurlicht wurde eingeschaltet.

Als er Heidi erkannte, dachte er erleichtert: Sie sieht aus wie ein Engel. Er richtete sich auf und taumelte ihr entgegen. Einen Moment verharrten sie voreinander, dann fielen sie sich in die Arme.

„Sag, dass wir alles nur geträumt haben", flüsterte er.

Fest hielten sie sich umschlungen.

Erst als sie in der Ferne ein Martinshorn hörten, stellte Heidi fest: „Das war ein echter Überfall, und das mitten in unserem Rollenspiel. Bist du verletzt?

„Ich hab einige Blessuren abgekriegt, aber halb so schlimm. Stell dir vor, die beiden Räuber waren vor allem auf Bares aus! Da hab ich ihnen freiwillig den Tresor geöffnet."

„Gut so!", sie streichelte über seine Stirn. „Die Polizei wird sicher gleich ermitteln."

Nach einer kleinen Pause fuhr sie fort: „Aber sag mal, kannst du nun an deinem Roman weiterschreiben? War unser Ehestreit für dich hilfreich oder müssen wir noch mal ran? Ich hab noch nicht unseren siebten Hochzeitstag heute erwähnt, den wir nebenher gefeiert haben."

„Richtig! Das mit dem Nur-Bier-Trinken kam gut rüber, nicht wahr? Dabei liebe ich doch auch Rotwein!"

„Deine Mutter sollte in dem Kapitel noch ihren Auftritt bekommen", meinte sie und grinste voller Vorfreude.

„Klar", er nickte. Vor ihm lag der Schreibblock, auf dem schon etwas stand. Er dachte nach.

Stille breitete sich aus. Eine kurze Stille, die sich richtig gut anfühlte. Leider endete sie, als die Polizei eintraf und den Tathergang aufnahm.

Wir kommen wieder!

Im Leben ist es ja oft so, dass uns zufällige Ereignisse überraschen und lange in uns nachhallen. So ging es mir, als ich mit meinem Lebenspartner Lars nach Eger in Tschechien fahren wollte. Damals waren wir noch nicht lange ein Paar, also war es sehr aufregend, gemeinsam zu reisen.

Unterwegs las ich plötzlich einen Wegweiser: Marienbad 90 Kilometer. Da flötete ich in den nettesten Tönen: „Ist es bis nach Marienbad zu weit für uns? Oder könnten wir eventuell unsere Route ändern oder erweitern?"

Lars spürte, dass hinter meinen Fragen ein Herzenswunsch steckte.

Ich sprudelte los: „Meine beste Freundin wurde dort geboren. Sie hat mir viel über ihre Stadt erzählt. In wenigen Tagen feiert sie Geburtstag. Zu gerne würde ich ihr mit einer Postkarte aus Marienbad gratulieren."

Nach kurzer Überlegung wendete mein Liebster das Auto. „Wir sind noch gut in der Zeit, auf geht's!"

Ein überwältigender Anblick empfing uns. Wir fuhren die Hauptstraße hoch, die von Häusern im Wilhelminischen Baustil gesäumt war. Die Fassaden leuchteten gelb, überall glänzten Lichter der Weihnachtsdekoration. Hinzu kam die leichte Schneedecke, die wie ein Sahnehäubchen über allem schwebte. Rechter Hand lag der Kurpark mit seinen verschneiten Grünflächen, Brunnen und Bäumen. Geradeaus, oben am Berg, aber leuchteten die Kolonaden, das Punkstück Marienbads. Wir stellten das Auto ab.

„Lass uns ein wenig lustwandeln, so wie es die großen Herrschaften damals getan haben", schlug Lars vor.

Hand in Hand steuerten wir auf die Wandelhalle zu. Diese Säulen, die grün angestrichenen gusseisernen Verzierungen, die Deckenbemalungen innen – welch ein Anblick!

Wir erkannten Motive aus der Flugwelt aus längst vergangener Zeit.

Ich blieb stehen, schloss die Augen und atmete durch. Im Moment fühlte ich mich ans Ende des 19. Jahrhunderts versetzt.

„Sieh mal, die eleganten Geschäfte an der Längsseite", holte mich mein Liebster ins Hier und Heute zurück. Es herrschte reges Treiben. Leute, die dicke Mäntel und wärmende Kopfbedeckungen trugen, strömten an uns vorbei. Verschiedene Sprachen waren zu hören, auch Deutsch.

„Lass uns nach links gehen, dort ist eine Trinkhalle", bat ich Lars und zog ihn hinüber. In dem Rundbau konnte man sich an den Wänden mit Quellwasser bedienen.

„Probier du zuerst", forderte mich mein Schatz auf. Typisch für ihn.

„Nehmen Sie das von der Rudolphquelle, warm oder kalt", hörte ich einen älteren Herrn neben mir sagen. „Das hilft gegen …"

Ich lachte kurz auf. „Stell dir vor", flüsterte ich Lars zu, „es befreit mich von meinen Rückenproblemen, es macht Teint und Haare noch schöner. Nur zu, nimm du auch!"

Wir hoben kleine Plastikbecher und tranken mutig einen Schluck warmes Wasser. „Schmeckt gar nicht so schlecht", stellten wir gemeinsam fest. „Wenn es dann noch hilft!"

Immerhin schien es uns zu beflügeln. Wir wollten mehr von dieser Stadt sehen.

Oberhalb der Kolonaden sahen wir von Weitem das „Grandhotel Pacifik", ein elegantes Vier-Sterne-Haus. Wir traten ein und staunten über die Einrichtung. Weiße Schleiflackmöbel, rote Teppiche, gedämpfte Atmosphäre und überall die gut situiert anmutenden „Silberlocken", wie wir die älteren Herrschaften heimlich nannten – dabei gehören wir selbst auch dazu. Das Hotel hatte einen Swimmingpool und eine Bäderabteilung, in der man sich je nach Erkrankung therapieren lassen kann. Nach einem kurzen Überfliegen der Zimmerpreise zog ich Lars rasch zum Ausgang.

Etwas weiter befand sich das Hotel „Maxim", ein Drei-Sterne-Haus, benannt nach Maxim Gorki, dem russischen Fürsten und Schriftsteller. Er hatte mehrmals hier gekurt, wie eine große Plakette neben dem Eingang verriet. Man munkelt, er sei stets mit seiner Sekretärin und einem guten Freund erschienen. Auch das gab es damals schon …? Egal, das Hotel machte mit seinen Zimmern, der Speisekarte und der Bäderabteilung jedenfalls einen guten Eindruck. Wir steckten vorsorglich einen Flyer ein.

Hand in Hand schlenderten wir weiter, bis wir an einen Platz kamen. Dort versammelte sich gerade eine Gruppe um einen deutschsprachigen Reiseführer. Ich stellte mich neugierig dazu und lauschte den Ausführungen: „Sie sehen vor uns den Goetheplatz mit dem Goethe-Denkmal." Ja, da saß er, in Bronze gegossen, in einer in sich gekehrten Haltung. Schnee bedeckte sein Haupt, sodass es fast wirkte wie ein Heiligenschein.

Weiter oben links befindet sich das Goethehaus, ein kleines Museum. Jetzt kommt es: Als 72-Jähriger lernt er hier in Marienbad die 17-jährige Ulrike von Levetzow kennen und verliebte sich in sie. Ja, er machte ihr sogar einen Heiratsantrag. Ihre Mutter und sie verschwanden daraufhin bei Nacht und Nebel. Goethe fühlte sich zutiefst gekränkt. Er drückte seinen Schmerz in den ‚Marienbader Elegien' aus. So erhielt unsere Stadt einen Platz in der deutschen Dichtkunst." Er machte eine kleine Pause.

Im Geiste sah ich an dieser Stelle den „Heiligenschein" schmelzen. Selbst der große Goethe hatte spätestens hier erkennen müssen, dass Alter nicht vor Torheit schützt.

Gebannt hörte ich dem Reiseführer weiter zu: „Wenn Sie nach rechts unten schauen, sehen Sie dort die katholische Kirche ‚Mariä Himmelfahrt'. Die Fassade leuchtet in dem typischen Gelb Marienbads. Gebaut wurde sie im neuromanischen Stil mit zwei Türmen."

Nach einer kleinen Pause fuhr er fort: „Es sei noch erwähnt, dass es am Ende der Stadt eine russisch-orthodoxe Kirche mit dem Namen ‚Heiliger Vladimir' gibt. Die müssen Sie sich unbedingt ansehen."

„Sicher", dachte ich, „diese Stadt ist so von Persönlichkeiten geprägt, ja, da gibt es viel zu entdecken. Ob man die katholische Kirche wohl jetzt besichtigen kann?"

Ich blickte mich nach Lars um. Vergeblich, denn nur fremde Gesichter umgaben mich.

„Na, weit weg kann er ja nicht sein", versuchte ich mich zu beruhigen.

Die Abenddämmerung zog herauf. Mir wurde kalt. Ich lief zur Kirche, dort war er nicht. Ich ging zurück zum Goetheplatz, auch hier war er nicht. Langsam bekam ich Panik, denn mir wurde wieder schmerzlich bewusst, dass ich über keinen Orientierungssinn verfügte. Und mein Handy lag im Auto. In diesem Moment fiel mir jedoch ein, dass ich meinem Liebsten von unserem Familienpfiff erzählt hatte. Mutig stellte ich mich hin und pfiff so laut, dass es mir selbst durch Mark und Bein ging. Die Leute in meiner Nähe starrten mich entsetzt an.

„Egal", sagte ich mir und pfiff noch einmal.

„Suchen Sie Ihren Hund?", fragte ein älterer Herr auf Deutsch.

„Schlimmer", antwortete ich, „meinen Mann, er ist einfach weg."

In einiger Entfernung entdeckte ich in diesem Augenblick eine rote Jacke. War es mein Schatz? Er hatte mich auch gesehen und kam zu mir gerannt.

Keuchend brachte er hervor: „Da bist du ja! Wo warst du nur? Ich hab dich überall gesucht."

„Hat wohl geklappt mit dem Pfeifen", hörte ich den Herrn lachend sagen. „Junger Mann, Sie sind ja richtig gut dressiert." Damit wandte er sich um und verschwand.

„Geht in Ordnung." Zur Bekräftigung gab es einen Kuss, dann erzählte er: „Ein Positives hatte das Suchen! Ich hab festgestellt, dass die Leute hier fast alle Deutsch verstehen und auch sprechen. Und man kann preiswert essen gehen. Ein Schmankerl hab ich außerdem noch für dich gefunden. Hier in der Nähe gibt es ein Theater. Dort ist heute Tag der offenen Tür. Möchtest du es besichtigen?"

Natürlich war ich Feuer und Flamme für diesen Vorschlag. Klein sah es von außen aus. Aber welch ein Musentempel war es von innen! Verschlungene Wege, Treppen führten zu den jeweiligen Plätzen. Der Theatersaal leuchtete in rotem Plüsch. Die Ornamente und Lampen zeigten Jugendstil pur.

Das Beste aber spielte sich auf der Bühne ab. Ein Tenor sang begleitet von einem Klavier eine Arie aus dem „Land des Lächelns", einer Operette von Lehar. Spätestens da wusste Lars, dass es um mich geschehen war. Die Stadt hatte mich verzaubert.

Im „Café Bohemia" tranken wir zum Abschluss eine Russische Schokolade und dort schrieb ich den Geburtstagsgruß an meine Freundin. Beim Betrachten der abgebildeten Kolonnade stimmten wir beide überein: „Marienbad, wir kommen wieder!"

Eins, zwei, drei, Ostereier herbei, herbei!

Es war kurz vor Ostern. Lehrer Löffel, bekleidet mit einem karierten Baumwollhemd und einer kurzen Lederhose, rückte seine Nickelbrille zurecht.

„Wo bleibt er denn?", fragte er und sah sich um.

An den Tischen standen die Häschen Hans, Horst und Peter. Sie trugen grün-weiß karierte Hemden und ebenfalls kurze Lederhosen. Auf der anderen Seite saßen auf Stühlen die Häschen Gretchen und Lotte mit bunten Rüschenkleidern und rosa Schleifen zwischen den Ohren.

Der Lehrer öffnete die Tür und trat hinaus. Die kleinen Hasen folgten ihm.

Plötzlich kam aus dem gegenüberliegenden Gebüsch der Hilfslehrer Lothar angesaust. Abrupt blieb er vor der Gruppe stehen. Er rang nach Atem.

„Stellt euch vor, die Eier sind weg! Einfach so." Er stöhnte auf. „Bauer Andreas meinte, ich hätte sie gestern bereits abgeholt. Wie der mich angestarrt hat! Ich hab dort im Umkreis alles abgesucht, vergeblich."

„Ach, du liebe Neune", entfuhr es Lehrer Löffel. „Was machen wir nun?" Dann richtete er sich entschlossen auf. Aus seinem Mund ertönte ein gellender Pfiff. Erschrocken sahen die Häschen auf, als ein riesiger Rabe angeflogen kam. Er landete auf der Tür.

„Was gibt's, Lehrer Löffel, wo brennt's denn?"

„Ich weiß, du bist ein scharfer Beobachter. Dir entgeht doch fast nichts, oder?" Er strahlte ihn an. „Man könnte dich eigentlich unsere Polizei nennen, nicht wahr?"

„Das ist richtig", der Rabe putzte sich die Federn, „also, was möchtest du wissen?"

„Stell dir vor, irgendjemand hat die Eier von Bauer Andreas geklaut."

„Ja und? Was hab ich damit zu tun?"

Du hast nicht zufällig gesehen, wer das war und wo die Eier geblieben sind? Wir bemalen sie jedes Jahr hier in unserer Schule.

Ostern ohne Ostereier, das wär eine Katastrophe für die Menschenkinder." Er schlug die Pfoten zwischen den langen Ohren zusammen.

„Für mich nicht", der Rabe zuckte die schwarzen Schultern. „Ich mag keine Menschen, schon gar keine Kinder. Aber …", hier zögerte er einen Moment, „was würdest du mir denn geben, wenn ich etwas wüsste?"

Lehrer Löffel rieb sich die Nase. Er fing an zu stottern. „Ich würde, ich würde –", er holte tief Luft, „dir eventuell verraten, wo ein goldenes Kettchen vergraben liegt." Dabei schaute er auf die Häschen. Wie aus einem Schnäuzchen schrien die sofort: „Nein, bloß nicht! Das ist doch unser Schatz!"

„Hm", meinte der Rabe, dabei trat er von einem Bein aufs andere. „Ein goldenes Kettchen … Gilt dein Wort?" Seine Augen glänzten.

„Na klar." Zu den Häschen sagte der Lehrer: „Ist schon gut, wir besprechen das später."

„Kann ich das Teil einmal sehen?"

„Oh, nein! Erst die Antwort, dann die Belohnung!"

„In Ordnung, in Ordnung … Ich saß auf einem Ast direkt gegenüber dem Scheunentor, als Bauer Andreas die Schubkarre mit den Eiern in den Hof schob. Plötzlich läutete irgendwo ein Telefon. Andreas stellte die Karre ab und eilte ins Haus."

„Das hast du gesehen?", fragten die Häschen. „Und was passierte dann?" Sie kippten vor Spannung fast vornüber.

„Da fällt mir ein, ich hab lange nichts mehr gefressen", sagte der Rabe. „Mit leerem Magen kann ich mich gar nicht gut erinnern …"

Sofort raste Häschen Hans in die Schule und holte sein Pausenbrot. Das hielt er dem Raben hin. Der ließ sich ins Gras fallen und machte sich wild pickend über die Schnitte her. Lehrer Löffel näherte sich ihm und hob die rechte Pfote.

„Geht gleich weiter", brachte der Rabe hervor. „Also, wie aus dem Nichts kamen mehrere Tiere aus dem Gebüsch. Sie strengten sich mächtig an und schoben die Karre einfach weg."

„Und wer war das und wohin brachten sie die Eier?"

„Habt ihr nicht noch eine von den köstlichen Stullen? Ich bin noch nicht satt."

Lehrer Löffel schob erbost die Brille zurecht. Laut sagte er: „Zuerst antwortest du, dann schauen wir mal."

„Also, gut", fuhr der Rabe fort. „Es war die Familie Marder von Andreas Hof. Die zogen die Karre zum Bach. Dort steht sie noch."

„Und was ist mit den Eiern?", fragte der Hilfslehrer.

„Jeder durfte ein Ei probieren, ich auch. Sie schmecken übrigens köstlich." Nach diesen Worten stöhnte der Rabe auf: „War sicher nicht richtig von mir. Aber, aber ... Vielleicht gibt es noch ein paar Eier. Kann ich jetzt bitte meine Belohnung haben?"

„Die Schnitte ja, das Versteck der Kette erfährst du erst, wenn wir bei der Karre sind." Lehrer Löffel sprach Lotte an, die dem Raben schnell ihr Pausenbrot holte.

Alle sahen auf den Raben, der sich gierig stärkte.

„In Ordnung", krächzte er, nachdem der letzte Krümel verschwunden war. „Los geht's!" Er schwang sich in die Luft, während die Hasen ihm am Boden folgten.

Lehrer Löffel eilte vorweg, in der Mitte hoppelten die Häschen und Lothar beobachtete alles am Ende.

Plötzlich stand vor einem Gebüsch ein Fuchs. „Wohin des Weges?", rief er und schaute intensiv auf die Häschen.

Lehrer Löffel machte sich groß: „Wir müssen die Eier für das Osterfest abholen und bemalen. Es wird Zeit."

„Na ja", meinte der Fuchs, „Hasenbraten steht bei mir heute nicht auf der Speisekarte. Holt ruhig die Eier vom Fluss – oder was davon noch übrig ist." Er kicherte und verschwand.

Nach einer Wegbiegung sahen sie Vater Marder vor der Schubkarre stehen. Ein paar Eierschalen lagen im Gras. Das Wichtigste aber war: Es befanden sich noch viele Eier in den Schachteln.

„Da seid ihr ja endlich!", begrüßte ihn der Marder." Das klang sehr freundlich. „Wir Marder sind ja keine Untiere. Wir wissen alles über eure Malkünste zu Ostern."

„Ja und?", fragte Lehrer Löffel sehr misstrauisch, denn es war ja bekannt, dass Marder kleine Hasen zum Fressen gern mögen.

„Wir haben nur den Inhalt vorsichtig durch kleine Löcher entfernt. Nun braucht ihr sie nicht mehr hart zu kochen und sie sind leichter beim Transport. Gut, nicht wahr?" Er lächelte verschmitzt. „Keine Sorge, die in der Karre liegen, sind alle brauchbar für euch."

„Da haben wir ja noch mal Glück gehabt", stellte Lehrer Löffel fest. Tatsächlich waren die Eier in Ordnung. Jetzt galt es, schnellstens die Malschule zu erreichen.

„Übrigens, das können wir jedes Jahr so machen!", rief ihnen der Marder nach, aber das hörten die Hasen nicht mehr.

Kurz vor der Schule stoppte der Rabe den Zug. „Halt! Ihr habt dank meiner Hilfe die Eier bekommen. Nun möchte ich sofort meine Belohnung haben."

„Richtig", sagte Lehrer Löffel. „Siehst du neben dem Baum dort drüben den kleinen Stein? Da musst du graben." Tatsächlich fand der Rabe dort das Goldkettchen, das im Sonnenlicht glänzte und funkelte.

„Poch, ist das schön!" Begeistert nahm er es mit in sein Nest und versteckte es unter Blättern.

In der Malschule ging es hoch her. Lehrer Löffel erteilte Anweisungen. Die Häschen tauchten die Pinsel in die Farben. Es entstanden Bilder und Ornamente in Rot, Gelb, Grün und Blau. Lothar rieb die Eier mit einer Speckschwarte ein, damit sie richtig glänzten. Danach legten sie sie wieder in die Schachteln, anschließend in die Schubkarre.

„Oje", stöhnte Lehrer Löffel, „die Sonne geht auf. Heute ist Ostersonntag. Da müssen wir uns sputen. Auf, ihr Lieben!"

Sie verließen die Malschule. Lothar schob die Karre. Die Häschen hoppelten hinter ihm her, Lehrer Löffel folgte am Schluss. An einer Wegebiegung stand plötzlich wieder der Fuchs da.

„Na, habt ihr es geschafft, ist alles im grünen Bereich?" Als er sah, wie sehr er sie erschreckt hatte, meinte er gönnerhaft: „Nur keine Bange! Heute ist Ostersonntag. An einem solchen Tag sind wir Füchse gut zu allen Tieren. Wenn ihr wollt, begleite ich euch zu den Menschen."

In diesem Moment hörten sie eine energische Stimme.

Lehrer Löffel meinte: „Das ist ganz lieb von dir, aber ruft da nicht gerade deine Frau?"

„Schreck lass nach, die hab ich total vergessen. Nichts für ungut, wir sehen uns später!" Er winkte und blitzschnell war er verschwunden.

Als sie am Gemeindehaus des Dorfes ankamen, wurden sie von einigen Müttern fröhlich empfangen.

„Das sind die schönsten Eier, die ihr je bemalt habt, danke!", riefen sie. „Am besten, ihr versteckt sie gleich. Ach übrigens, es gibt auch für euch heute eine Überraschung!"

Diese Worte hörten die Hasen nicht mehr. Sie gaben sich große Mühe mit dem Verstecken der Eier. Am Ende verschwanden sie hinter einer großen Hecke, um alles zu beobachten.

Dann kamen die Kinder, gab es ein großes Hallo. Sie stellten sich hinter einer Tür auf und riefen im Chor:

„Eins, zwei, drei, wer findet jetzt ein Osterei?
Eins, zwei, drei, herbei, herbei, herbei!"

Danach stürmten sie los.

Die Hasen sahen zu und grinsten einander an. Als sie ihren Heimweg antraten, trauten sie ihren Augen nicht.

In der Schubkarre fanden sie viele frische rote Möhren mit saftigem Grün, die sie natürlich gleich probierten.

Lehrer Löffel aber sah sich suchend um: „Mir scheint, da hat jemand für uns den Osterhasen gespielt, danke dafür!" Sprach's und biss voll Freude in eine große Möhre.

Bescherung, endlich Bescherung
(Weihnachten 1948)

Gestatten, mein Name ist Petzi. Ich bin ein Foxterrier mit weißem glattem Fell und braunen Flecken. Zu meiner Familie kam ich vor fünf Jahren als Welpe. Seitdem erlebe ich täglich Abenteuer mit ihnen, vor allem mit Pit, der mein bester Freund ist.

An eines dieser Erlebnisse erinnere ich mich besonders gut. Es war der erste Winter in meiner Familie, und mittendrin, während draußen alles nass und kalt und ungemütlich war, hatten alle plötzlich beste Laune. Und das, obwohl ich deutlich riechen konnte, dass sie alle sehr aufgeregt waren. Bereits morgens drang ein herrlicher Geruch in meine Nase. Hm, Gänseschmalz und Plätzchen! Von beiden hatte Pit mir schon mal was abgegeben. Das schmeckte herrlich! Ich hoffte sehr, dass ich mehr davon kriegen würde und wich Pit nicht von der Seite.

Nach dem Mittagessen hatten sich Vati und Mutti im Wohnzimmer eingeschlossen. Auch unser Besuch, der alte Onkel Oskar, durfte mit hinein.

Pit saß hockte mit seinen älteren Geschwistern Helga und Paul am Küchentisch. Seine kleine Schwester Klara saß nicht, die war genauso aufgeregt wie ich. Wir beide schlichen abwechselnd zur Tür und versuchten etwas zu hören, aber vergeblich.

„Gib Ruhe und setz dich hin", sagte Pit zu seiner kleinen Schwester. „Das Christkind ist bei Vati und Mutti im Weihnachtszimmer, da dürfen wir nicht stören. Es bringt doch gerade die Geschenke rein."

Paul stichelte leise: „Lüge, Lüge, es gibt gar kein Christkind, ätschi, bätsch!"

Sofort fielen die Brüder übereinander her und prügelten sich. Ich versuchte, meinem Herrchen Pit zu helfen, bellte laut und schnappte nach Pauls Hosenboden. Da riss Mutti die Tür auf: „Was soll die Rauferei? Schluss damit, es ist doch Weihnachten, Jungs! Da solltet ihr euch wahrhaftig besser benehmen. Ihr könnt gleich in die

Stube kommen. Wie sieht es aus, habt ihr alle Geschenke bereit?"
Wortlos rappelten sich die beiden auf, während Mutti die Wohnzimmertür kräftig hinter sich zuzog.

Endlich klingelte ein Glöckchen. Pit rannte zur Tür.

„Moment, ich bin die Älteste, ich gehe zuerst!" Helga richtete die Reihe aus. Es folgten Paul, Pit und Klara.

Ich machte mich klein und wartete ab, was passierte.

Aus dem Wohnzimmer ertönte das Lied „Ihr Kinderlein kommet", dann ging die Tür auf. Vati saß hinten in einer Ecke und bearbeitete kräftig die Tasten des total verstimmten Klaviers. Er spielte das Lied wie Marschmusik. Im Takt kamen die Kinder hintereinander ins Zimmer und sangen dabei. Ich schlich mich geduckt mit hinein, versteckte mich unter Onkel Oskars Sessel und beobachtete, wie sie vor der bunt geschmückten Tanne stehen blieben. Es gab kein Lampenlicht, nur die Kerzen brannten.

„Oh, ist der Baum schön! Ein richtiger Weihnachtsbaum!", rief Klara aus.

„Ganz toll!", stimmte Pit zu. „Seht ihr die Kekse und die Äpfel?"
Sehen konnte ich die Plätzchen nicht in dem ganzen bunten Gewusel, aber riechen.

Ja, auch mir lief das Wasser im Mund zusammen. Pit hatte mich gestern einen Keks probieren lassen und der schmeckte einfach himmlisch.

Doch zunächst einmal schien die Familie etwas anderes vorzuhaben. Die Kinder standen in Reih und Glied mit Blick auf Onkel Oskar und Mutti, die neben ihm saß.

Pit starrte mich durchdringend an und drohend hob er dabei seinen Zeigefinger. Ja, ich wollte gerade anfangen zu jaulen, denn ich konnte diese Musik nicht leiden. Aber der Finger machte mir eindeutig klar, dass Jaulen verboten war.

Dann sangen alle gemeinsam noch ein Lied, am lautesten und total falsch Onkel Oskar. Plötzlich konnte ich mich nicht mehr beherrschen. Ich schnellte vor und richtete mich neben Onkel Oskars Sessel auf. Laut heulte ich los, übertönte dabei alles.

Vati hörte abrupt auf zu spielen, dann donnerte er los. „Pit, hast du den verdammten Köter mit reingebracht? Sperr ihn sofort in der Küche ein!"

„Aber, Vati, Petzi gehört doch zu uns, gerade heute an Heiligabend! Ich pass auf, er wird bestimmt nicht wieder stören!"

Schnell nahm er mich auf den Arm und hielt mir die Schnauze zu.

Onkel Oskar hob ein Glas und wandte sich meiner Mutter zu: „Helene, auf diesen Schrecken als solches müssen wir erst einmal ein Gläschen trinken!"

„Später, Onkel Oskar, zunächst tragen die Kinder ihre Gedichte vor."

Helga trat einen Schritt vor, feierlich klangen ihre Worte, sie blieb nicht einmal stecken.

„Prima, Helga, du kannst dich schon aufs Sofa setzen. Jetzt singen wir ‚Schneeflöckchen, Weißröckchen'." Vati spielte auf. Wieder ertönte dieser Katzenjammer auf Marschmusikrhythmus. Ich plusterte mich auf, wollte losjaulen, aber Pit umfasste mit beiden Händen einfach meine Schnauze.

Als Nächster war Paul an der Reihe. Er stammelte, Helga soufflierte leise.

Es folgte ein weiteres Lied. Onkel Oskar rieb sich die Augen.

Pit trat mit mir auf dem Arm vor. Er hatte geübt, das wusste ich, immerhin hatte er mir seinen Text oft genug in seinem Zimmer vorgesprochen. Kurz und klar klangen seine Worte.

Bei den nächsten Klaviertönen konnte ich nicht mehr an mich halten. Ich riss mich los, stürzte auf den Boden und rannte an Onkel Oskars Sessel vorbei.

Gerade noch rechtzeitig sprang Mutti auf und stellte sich mir in den Weg. So verhinderte sie, dass ich den Baum umriss, bevor ich schnell wie ein Pfeil unter dem Sofa verschwand.

Vati kochte vor Wut: „Immer dieser Köter! Fast hätte es hier gebrannt. Pit, schaff ihn in die Küche! Sofort!"

Die kleine Klara fing an zu weinen. „Jetzt weiß ich nicht mehr, wie mein Gedicht geht", schluchzte sie.

Onkel Oskar hob erneut sein Glas: „Auf diesen Schrecken als solches brauch ich jetzt unbedingt einen Schluck Wein!"

Vati haute auf die Bässe und zischte: „Seid auf der Stelle still! Wir singen jetzt das Lied ‚Vom Himmel hoch', danach trägt Klara ihr Gedicht vor."

Ich machte mich ganz klein unter dem Sofa. Es gelang mir, die Ohren ein wenig mit den Pfoten zu verschließen. Nur nicht laut werden, denn in die Küche verbannt werden, das wollte ich natürlich nicht.

Klara weinte auch nach dem Lied haltlos weiter. Mutti versuchte sie zu trösten.

Onkel Oskar bat als solches erneut um ein Gläschen, da riefen alle im Chor: „Später!"

Endlich hatte Vati ein Einsehen mit Klara. „Schon gut", sagte er zu ihr. „Im nächsten Jahr klappt das sicher."

Er erhob sich und griff nach einem dicken Buch. Feierlich trug er jetzt die Weihnachtsgeschichte vor.

Ich schob mich etwas nach vorne und spürte Pits Hand, die mir liebevoll übers Fell strich, dann aber fest meine Schnauze umschloss. Das war gut so, denn bei dem letzten Lied: ‚Oh, du fröhliche', auf das Vati nicht verzichten wollte, hätte ich sicher mitgeheult.

Vati beendete sein Spiel mit einem großen Akkord. Er ging zu den Kindern, seine Stimme klang tief bewegt: „Gebt acht, das Christkind hat mir ein besonderes Geschenk für euch überreicht. Das sollt ihr noch vor der Bescherung bekommen. Stellt euch bitte noch einmal auf."

Sofort sprangen die vier wieder hoch.

Dann kam Vatis Kommando: „Mund auf, Augen zu."

Vier Münder warteten, vier Herzen hörte ich aufgeregt schlagen.

Umständlich holte Vati hinter seinem Rücken etwas hervor. Ein Knistern und Knacken war zu hören, danach legte er in jeden Mund ein Stück Schokolade.

Ich hatte mich mit eingereiht, stand neben Klara und machte Männchen. Ich saß aufrecht auf den Hinterpfoten und streckte Vati die Vorderpfoten entgegen. Das Maul hielt ich weit offen. Alle lachten, als sie mich so sahen, aber leider erhielt ich nichts. Da fiel ein Bröckchen vor Paul auf den Boden. Hatte ich ein Glück! Ich stürzte mich darauf und war total überwältigt. Nie zuvor hatte ich etwas Süßeres gekostet.

Mutti bediente erneut die Weihnachtsglocke. Laut verkündete sie: „Bescherung, endlich Bescherung!"

120

Sofort setzte ein wildes Treiben ein. Vati, Mutti und Onkel Oskar verteilten Geschenke an die Kinder, die wiederum den Erwachsenen selbst gebastelte Sachen überreichten. Alle schienen glücklich zu sein, nur ich blieb ausgeschlossen. Mit einem großen Satz sprang ich Pit direkt vor die Füße und machte noch einmal Männchen. Aber Pit beachtete mich nicht. Er stopfte sich mit beiden Händen Süßigkeiten in den Mund und verdrehte genießerisch die Augen. Auch die anderen Kinder naschten und packten dabei Päckchen aus.

Onkel Oskar erhielt als solches endlich sein Gläschen und rauchte eine dicke Zigarre dazu. Das stank erbärmlich in meiner Nase.

Ich schlich mich an Paul heran, der gerade ein Plätzchen essen wollte, und schnappte zu. Erschrocken schrie er auf: „Pit, dein Hund hat mir den Keks aus der Hand gerissen! Gib mir sofort von dir einen!" Vati sprang auf: „Das reicht jetzt endgültig, mein Lieber!" Seine Augen blitzten vor Zorn. Er stürzte sich auf mich und griff nach meinem Halsband. Um den Weihnachtsbaum herum bugsierte er mich in die Küche.

„Platz!", rief er mir noch drohend zu, bevor er die Tür verschloss. Ich gehorchte und legte mich hin, war aber unendlich traurig. Wo blieb mein Herrchen? Warum bekam ich kein Geschenk? Plötzlich hob ich den Kopf und schnüffelte. Was roch denn hier so lecker? Ich sprang auf einen Stuhl, dann auf den Tisch. Dort stand ein Teller, auf dem ein großes Stück Gänsebraten mit knuspriger Haut lag. Ich leckte mir um die Schnauze, Spucke tropfte auf den Tisch.

Schlagartig war mir klar, warum Vati mich in die Küche gebracht hatte. „Das ist sicher der Gruß vom Christkind für mich gewesen!", dachte ich. Ich winselte vor Freude und verschlang den Braten Bissen für Bissen.

Weihnachtsglöckchens erster Fall

Gestatten, ich bin die Glocke von der Himmelspforte gewesen. Jeder, der dort hineinwollte, läutete an der Tür.

Eines Tages kam der Weihnachtsstern zu mir und sprach: „Alle Sterne im Himmel möchten dich bitten, runter auf die Erde zu sausen. In dem kleinen Ort Krummhügel soll es nicht mit rechten Dingen zugehen. Kannst du dich da einmal umschauen? Du weißt doch, Weihnachten, das Fest der Liebe, steht vor der Tür."

Mir war sehr langweilig, also willigte ich gern ein.

„Prima, ab sofort nennen wir dich Weihnachtsglöckchen. Auf diesem Zettel steht, worauf du achten sollst."

Er klebte mir ein Papier auf, befreite mich von der Tür und stupste mich fort.

„Gutes Gelingen!", hörte ich, dann ging es los.

Ein eisiger Wind pustete mich in Richtung Erde. Schneeflocken wirbelten herum. Ich fror.

„Du musst dich bewegen!" Die Schneeflocken lachten mich an. „Komm, tanz mit uns!"

Langsam drehte ich mich und erschrak über den hellen Ton, der plötzlich in mir erklang.

„Wie toll, du kannst ja Musik machen, weiter so!", riefen sie begeistert aus.

Mir wurde schwindlig. In dem Moment merkte ich, wie mir oben unterhalb des Griffs Augen wuchsen. Ich schaute mich um.

„Verdammt, wo ist der Zettel? Ich brauch ihn unbedingt!", stieß ich aus.

Kleine Arme mit weißen Händen bemerkte ich an mir, wie sie unter meinem Glockenkleid suchten.

„Tschüs, Glöckchen, wir müssen uns hier niederlassen", riefen die Schneeflocken und verschmolzen mit der bereits vorhandenen weißen Decke.

Als ich gelandet war, las ich auf einem Schild: ‚Willkommen in Krummhügel'. Hier endete auch mein Flug. Ich stand vor einem riesigen Weihnachtsbaum, der mich mit seinen Lichterketten, den silbernen und roten Kugeln und den goldenen Bändern total begeisterte. Ich starrte ihn an, dann fragte ich mich laut: „Wo mag nur der Zettel sein …?" Dabei sah ich mich suchend um. Da, direkt vor meinem Glockenkleid lag er. Beherzt hob ich ihn auf und wollte ihn gerade noch einmal lesen, als sich zwei Männer näherten.

„Alles ist ganz einfach, Gerd. Du dringst in den Stall vom Bauer Karl ein und suchst die Kälbchen. Das erste schaffst du nach draußen. Ich steh dort mit unserem Wagen. Aber wir müssen ganz leise beim Verladen sein. Danach holst du das zweite, verstanden? Ach, noch was, der Wagen ist neu, mach bloß keine Beule rein!"

„Und was ist mit dem Wachhund?"

„Dem hab ich gerade ein Stück Wurst mit Schlafpulver verpasst. Der wird sich nicht rühren."

„Gut, dass der Stall weit entfernt ist vom Wohnhaus. Und dein Plan ist auch gut. Lass uns aber erst mal in den Dorfkrug gehen, ich brauch eine kleine Stärkung. Mit leerem Magen wird das nichts."

Sie verschwanden in die Wirtschaft.

Ich hüpfte hin und her. Hier sollte gleich ein Viehraub passieren. Konnte ich ihn verhindern? Ratlos sah ich mich um, dann fiel mein Blick auf den Zettel. Dort stand:

1. Finde die Bösewichte!
2. Hab Geduld, ertappe sie bei ihrer Tat!
3. Lass sie zappeln.
4. …

Den letzten Punkt konnte ich nicht zu Ende lesen, denn ein Bus hielt direkt vor mir an. Leute strömten heraus, ein Paar hatte besonders großes Gepäck.

„Hilf mir doch mal bitte beim Tragen, Karl. Es ist ein Jammer, dass unser Auto ausgerechnet vor Weihnachten kaputtgegangen ist."

„Die Karre ist zwanzig Jahre alt", brummte ihr Mann. „Musstest du so viel einkaufen?"

„Denk an unsere vier Kinder, da kommt was zusammen."

Mühsam schleppten sich die beiden durch eine Gasse hin zu einem großen Hof und verschwanden durch das Tor. Licht flammte auf.

Sofort wusste ich, dass das Bauer Karl war. Von seinem Hof hatten die Räuber gesprochen.

Ich umrundete die Gebäude, sah mir vor allem den Stall von außen an.

Lange warten brauchte ich nicht. Jemand schlich sich an.

„Potzdonner!", murmelte ich. „Schneeflöckchen, hört ihr mich? Ich muss unter einem langen weißen Umhang verschwinden. Könnt ihr das machen?"

„Gewiss, gewiss! Als Tarnkappe vielleicht?"

„Genau!", rief ich begeistert. Sofort hüllte mich eine weiße Wolke ein. Ja, ich konnte sogar damit über den Boden schweben.

Als der eine Bösewicht versuchte, die Stalltür zu öffnen, ertönte vom Haupthaus leise ein Weihnachtslied.

„Das heißt nicht ‚Ihr Kinderlein kommet', sondern ‚Ihr Räuberlein kommet'!", stellte der Mann richtig und lachte kurz auf. Mit einem Satz sprang ich auf ihn zu und bugsierte ihn mit beiden Händen unter meine Glocke, unter der er stampfend und boxend herumsprang. Das dauerte eine Zeit, bis er sich atemlos auf den Boden kauerte und fürchterlich zitterte.

„He, du da, auf mit dir! Wir müssen zu deinem Kumpel, dort steht er ja!", brüllte und stupste ich ihn an. So kamen wir zu dem Wagen, der seitlich vom Tor stand. Der Fahrer wartete etwas abseits. Mit einem Ruck nahm ich ihn ebenfalls unter meiner Glocke gefangen.

„Lasst uns jetzt tanzen!", forderte ich die Schneeflöckchen auf und fing mächtig an zu läuten. Die beiden Räuber flogen hin und her, ihr Fluchen konnte jedoch niemand hören.

„Ich habe eine Bitte an euch, Schneeflöckchen." Das Weitere sagte ich ganz leise.

„Oh, ja, das machen wir gerne", raunten sie zurück.

Gesagt, getan: Zuerst verankerten die Schneeflöckchen einen festen Boden an meinem Glockenkleid, auf dem die beiden Bösewichte krampfhaft versuchten, Halt zu gewinnen. Dann drehte ich mich schnell und schwang mich hoch wie ein Ufo.

„Du musst tänzeln!", riefen die Schneeflöckchen, was ich begeistert tat. Über dem Güllebecken hielt ich an, öffnete den Boden und ließ sie hineinplumpsen.

Sie durchbrachen die Eisschicht. Sofort fingen sie an zu strampeln und zu zappeln und kämpften um ihr Leben. Dabei riefen sie pausenlos um Hilfe.

Bauer Karl kam aus dem Haus gerannt. Im Schein seiner Taschenlampe sah er die beiden.

„Hilfe, holt uns hier raus!", riefen sie ihm zu.

„Was macht ihr hier auf meinem Hof und wer seid ihr?"

„Egal", stöhnte einer der beiden auf. Ihnen stand die Gülle bis zum Hals. „Holt uns hier raus!"

„So einfach geht das nicht. Ich muss zum Heuschober laufen, die Leiter holen."

„Du, der macht sicher extra langsam. Wir müssen ihm was bieten, dass er sich beeilt."

„Wir haben doch nichts, außer dem Auto."

„Wenn wir ersaufen, brauchen wir keinen Wagen mehr."

So rief einer der Gauner dem Bauern zu: „Beeil dich, rette uns. Als Dank schenken wir dir auch unser Auto!"

Bauer Karl schleppte eine Leiter heran, die er ins Becken tauchte. Die Räuber kletterten über den Rand und sprangen auf den Boden. Sie sahen aus wie Zwillinge: starr vor Dreck, total schwarz, von den Haaren und den Nasen tropfte die Gülle, außerdem stanken sie entsetzlich. Nur die Augen leuchteten.

„Danke", brachte einer hervor. „Viel Spaß mit dem Auto. Der Schlüssel steckt ..."

Ehe Bauer Karl etwas dazu sagen konnte, taumelten die beiden fort.

Ich lachte kurz auf. Mir fiel der Zettel wieder ein. Ich las: 4. Sorge dafür, dass die Bösewichte sich bedanken. Als Nachsatz stand da noch: Weihnachtsglöckchen, nur Mut, du schaffst das sicher!

„Ei, ei, ihr Sterne dort oben, alles ist erledigt", murmelte ich.

In diesem Moment erfasste mich ein starker Sog und zog mich himmelwärts.

Mit Herzklopfen landete ich vor dem großen Tor, das offenstand. Der Weihnachtsstern und alle Sterne strahlten mich an.

„Weihnachtsglöckchen, super, wie du die bösen Räuber in die Flucht geschlagen hast! Schau mal runter auf die Erde!"

Da sah ich, wie Bauer Karl und seine Frau mit ihren vier Kindern um den Wagen standen.

Der kleinste Bub fragte gerade: „Papi, hat uns das Christkind das Auto gebracht?"

„Sieht so aus ...", murmelte Bauer Karl und blickte auf zum Himmel.

Er hatte sich lange nicht mehr für etwas bedankt.

Weihnachtsglöckchen zweiter Fall

Es war der 22. Dezember, als ich sehnsüchtig auf die Erde runtersah. Zu gerne würde ich wieder dort sein. Bei diesem Gedanken kam der Weihnachtsstern auf mich zugelaufen. „Weihnachtsglöckchen", sprach er mich an, „Weihnachten steht vor der Tür und wieder passiert unten in Krummhügel etwas Schlimmes. Alle Sterne und ich blicken auf dich, ob du wohl dort Ordnung schaffen kannst?"

Ich strahlte über das ganze Glockenkleid. „Klar, mach ich gerne. Sag, was ich tun soll!"

„Sobald du in der Gaststätte ‚Zum Dorfkrug' bist, wirst du hören, wo es brennt. Nimm diesen Zauberring mit, er hat dir beim letzten Einsatz sehr geholfen, nicht wahr?"

„Ja, gerne!", rief ich aus. Der Weihnachtsstern löste mich von der Wandhalterung, gab mir einen Stups und los ging die Fahrt.

Ich sauste durch Wolken, die mir zuwinkten. „Seht, da ist das Weihnachtsglöckchen! Schneeflocken, begleitet es!", hörte ich den Wind raunen. Weiße Flocken umschwärmten mich, das tat mir gut. Plötzlich spürte ich, wie meine Augen sich oben rechts und links öffneten. So konnte ich sehen, wie ich tänzelnd zur Erde trieb. Außerdem spürte ich meine Arme wieder. Mit meinen Händen strich ich bedächtig über mein Kleid. Der Zauberring glänzte am rechten Ringfinger.

Ich landete am Eingang vor dem „Dorfkrug". Mit einem Satz sprang ich auf eine Fensterbank und sah durch die geöffnete Scheibe hinein. Tabakqualm gemischt mit Tannenduft kam mir entgegen. In einer Ecke hinten stand ein Tannenbaum, der mit Lichterketten und bunten Kugeln geschmückt war. An einem langen Tisch davor saßen Männer rechts und links. Ihr Wortführer war der Bürgermeister, der eine Ansprache hielt: „Liebe Bürger von Krummhügel, heute ist unser Glückstag. Wollt ihr wissen, warum?" Er räusperte sich, bevor er fortfuhr: „Seit Langem stehe ich mit der Firma ‚Investment AG Pro Grün' in Verbindung, die uns helfen will, unser Dorf schöner, grüner und richtig berühmt zu machen."

Gemurmel brach los und prompt kam die Frage auf: „Wie soll das gehen?"

„Ganz einfach: Laut Gutachten eignet sich das Gebiet um unser Dorf super für die Errichtung eines Golfplatzes. Das heißt, es ist alles da für Grasflächen, für ein Feuchtgebiet am Bach, für eine Sandkuhle oben am Waldrand. Leute, wir können uns gratulieren! Krummhügel wird nicht nur schöner, es entstehen auch Arbeitsplätze, eine große Einnahmequelle tut sich auf."

Weiter kam er nicht. Alle Männer sprangen auf und riefen schließlich einstimmig: „Ein Golfplatz?"

„Ja, ihr habt richtig gehört. Herr Wenzel, einer der Geschäftsführer von ‚Pro Grün‘, stellt euch mithilfe von Bildern seine Pläne vor. Hinsetzen, bitte!"

Zögernd nahmen sie Platz.

Herr Wenzel begann mit einem Paukenschlag: „Liebe Bewohner von Krummhügel, Folgendes möchte ich Ihnen zunächst unterbreiten: Falls es morgen hier zu einer Einigung kommt, überreiche ich jeder Familie einen Check in Höhe von 20.000 €. Aussteller ist ‚Pro Grün‘, einzulösen noch in diesem Jahr." Erst herrschte Stille, dann redeten alle durcheinander.

Verstohlen rieb ich mir die Augen.

Der Bürgermeister sorgte wieder für Ruhe.

Herr Wenzel zeigte mit Bildern den Wandel: Im Vordergrund war ihr Dorf zu sehen. Die Umgebung allerdings erschien total verändert. Überall leuchteten saftige grüne Wiesen. Felder aber gab es nicht mehr. Auch hinten war der Wald verschwunden. Stattdessen tauchten helle Gebäude mit roten Dächern auf, ein Golfhotel mit Restaurant.

„Ist es nicht wunderbar, wie sich eine Landschaft verändern kann?", bemerkte der Bürgermeister.

Plötzlich stand ein Bauer auf und fragte: „Das hört sich wie ein Märchen an. Ich bin ganz begeistert! Aber kann mir jemand sagen, wo unsere Felder, unsere Weideflächen und der Bauernhof unseres

Freundes Karl geblieben sind? Wo steckt der Karl überhaupt? Warum ist er nicht hier?"

Diese Frage löste erneut Unruhe aus, die der Bürgermeister mit einem schrillen Pfiff beendete.

„Setzen!", rief er und alle ließen sich prompt auf ihre Stühle fallen. „Ich muss euch etwas Trauriges mitteilen. Der Karl wurde heute in der Stadt von einem Motorrad angefahren. Er liegt im Krankenhaus."

„Wie und das sagst du uns erst jetzt, so ganz nebenbei?", schrie der Bauer.

„Gebt Ruhe!", fuhr der Bürgermeister fort. „Wie wir Karl und seiner Familie helfen können, beraten wir später, auch die anstehende Prämie."

Bei dem Wort „Prämie" konnte ich förmlich hören, wie es in den Köpfen der Anwohner ratterte.

Am Ende seiner Ausführungen sagte Herr Wenzel: „Liebe Bewohner von Krummhügel, sicher erkennen Sie die Vorteile, die die Umsetzung unserer Pläne mit sich bringen wird. Vielleicht kann ich die Prämie für Sie noch erhöhen, das werde ich mit meiner Firma abstimmen. Wir treffen uns morgen hier um 19:00 Uhr wieder, um alles Weitere zu besprechen. Vielen Dank für Ihre Aufmerksamkeit."

Blitzschnell packte er seine Sachen und noch schneller war er verschwunden.

Ich atmete tief durch. War das eine Sitzung! Wie konnte ich helfen? Plötzlich fiel mir der Bauer Karl ein, er war wohl am schlimmsten von allen betroffen. Ich kannte ihn, denn vor drei Jahren hatte ich ihm schon einmal aus der Patsche geholfen.

So flog ich zur Stadt in die Klinik, wo er wie ein Häufchen Elend im Krankenbett lag. Sofort drehte ich an meinem Zauberring und murmelte: *„Eins, zwei drei, Gesundheit, eil herbei!"*

Wie von Geisterhand lösten sich alle Schläuche und Verbände in Luft auf. Völlig gesund schaute mich Bauer Karl mit großen Augen an. Dann erkannte er mich.

„Überraschung", flüsterte ich. „Ich habe Großes mit dir vor. Vertraust du mir?"

Er nickte. Mit wenigen Worten unterrichtete ich ihn von der Versammlung. Ein weiterer Zauberspruch brachte ihn nach Hause auf seinen Hof. Er musste sich ausruhen, denn morgen sollte sein Einsatz sein.

Pünktlich um 19:00 Uhr am nächsten Tag nahm ich wieder meinen Platz am offenen Fenster ein.

Alle waren anwesend. Herr Wenzel strahlte jeden Einzelnen an.

Der Bürgermeister eröffnete gerade die Versammlung, als es heftig an der Eingangstür klopfte.

„Ob das wohl der Weihnachtsmann ist?", fragte jemand. Gelächter erscholl.

Als jedoch Bauer Karl eintrat, herrschte Totenstille, bis der Bürgermeister rief: „Karl, du? Liegst du nicht verletzt im Krankenhaus?"

„Bis gestern Abend. Aber wie ihr sehen könnt, ist alles halb so schlimm. Wo darf ich sitzen?"

Etwas später zog Herr Wenzel langsam das Bild eines großen Schecks über 30.000 € aus seiner Tasche heraus. Mit leuchtenden Augen versprach er jeder Familie von Krummhügel diese Summe, falls man sich heute einigen würde.

Karl starrte nur auf die Karte. Der Bürgermeister wandte sich an ihn: „Karl, Herr Wenzel und ich würden dich bitten, in der Pause zu uns zu kommen, damit wir dir Vorschläge unterbreiten können."

Ich drehte an meinem Ring. Wie ferngesteuert richtete sich Karl zu voller Größe auf und marschierte auf die Landkarte zu. Mit einem schwarzen Stift zeichnete er seinen Hof ein, außerdem die Felder und Wiesen der anderen Bewohner.

Der Bürgermeister versuchte ihn zu stoppen, vergeblich.

„Liebe Freunde", sagte Karl, „seht ihr nicht, was hier mit uns und unserm Dorf passieren soll? Man will uns enteignen, um hier einen grünen Ort für die Reichen zu schaffen. In diesem Zusammenhang fällt mir eine wichtige Frage ein." Er drehte sich zum Bürgermeister um: „Sag mal, Klaus, wie viel Prämie erhältst du eigentlich, wenn es heute zum Abschluss kommt?"

Ich wusste natürlich die Summe. Mit einem Lichtstrahl schrieb ich „500.000 €" quer über die Karte.

Alle hielten den Atem an. Der Bürgermeister setzte sich auf seinen Stuhl und wurde ganz klein.

„Für diesen Betrag willst du unsere Anwesen verscherbeln? Was meint ihr dazu, liebe Freunde?"

Da kam Bewegung in den Saal. Herr Wenzel packte in höchster Eile alles zusammen und verschwand durch den Hinterausgang.

Auch der Bürgermeister hatte es plötzlich eilig. Wie ein begossener Pudel verließ er den Dorfkrug.

Ganz Krummhügel stand in diesem Moment auf dem Kopf. Sie feierten ihren Karl, der großes Unheil von ihnen abgewendet hatte.

„Wisst ihr, wem ich meine Gesundheit zu verdanken habe?", fragte er und sah in meine Richtung. „Weihnachtsglöckchen, zeig dich bitte!"

Mich zu zeigen war nicht mein Ding. Also begann ich unsichtbar für alle die Melodie zu läuten: „Süßer die Glocken nie klingen als zu der Weihnachtszeit ..."

Danach verschwand ich aufwärts in den Himmel, wo ich schon sehnlichst vom Weihnachtsstern und allen anderen Sternen erwartet wurde.

Von oben aus sahen und hörten wir einen Bürger von Krummhügel rufen: „Das Erlebnis heute, vor allem das Ende, war so schön wie Weihnachten! Und danach noch das Glockenspiel! Ich sag einfach mal: Fröhliche Weihnachten, liebe Freunde!"

Inhalt

Heike Wiezorek

Jahrgang 1941. Sie hat zwei Söhne. Erst mit 60 Jahren fand sie ihre Neigung zum gereimten Gedicht. Es entstanden die Bände: „… nur der Maulwurf stört die Pracht", „Ein leichtes Sehnen stellt sich ein" und „Anekdoten treiben Blüten …". Nun legt sie erstmals einen Band mit Kurzgeschichten vor. Zuvor erschienen bereits zwei Geschichten in der Anthologie „Gans in Buchstabensuppe, eingeschlagen in Silberpapier. Weihnachtliche Geschichten". Die Erzählung „Ziemlich beste Freundinnen" erschien in dem Band „Statt Blumen grüne Stielblüten". Außerdem findet sich die Geschichte: „Das Mädchen Klara" in dem Band „Hauffs Märchen Update 1.1" herausgegeben von Charlotte Erpenbeck.

Buch bestellen: h.wiezorek@gmx.de

Homepage: http://www.heikes-reimkueche.de

... nur der Maulwurf stört die Pracht

Heiteres aus der Reimküche

Heike Wiezorek

48 Seiten, Frankfurter Literaturverlag, 2006

Wäre denn das Leben ein einziger, gewaltiger Gedichtstrom, dann würde die vorliegende Gedichtsammlung sicherlich als Autobiographie einer Dichterin gelten – und das tut sie in gewisser Weise auch so, denn das Büchlein "... nur der Maulwurf stört die Pracht" von Heike Wiezorek stellt weitaus mehr als eine Sammlung kunstvoll verfaßter Texte dar, eher eine Art Anthologie lebensnaher und zu Papier gebrachter Eindrücke und Erfahrungen, die mal von der humorvollen, mal von der nachdenklichen oder gar kritischen Seite her betrachtet werden. Lassen Sie sich also vom Zauber der Dichtung verführen und genießen Sie ein paar unvergeßliche Momente.
Es ist angerichtet: Gedichte mit einer Prise Humor oder einem Hauch Sehnsucht – eine köstliche Mischung.

mehr Informationen: http://www.heikes-reimkueche.de/
bestellen: h.wiezorek@gmx.de

Ein leichtes Sehnen stellt sich ein

Weiteres aus der Reimküche

Heike Wiezorek

100 Seiten, Edition Dorante, 2008

Momente vom Alltagsleben ziehen sich fantasievoll durch ihre Gedichte. Auch Karnevalsstimmung kommt herüber, und selbst politische Denkanstöße fehlen nicht. Heike Wiezorek schreibt mal humorvoll, mal kritisch, mitunter versehen mit einem Hauch Wehmut. In ihren gereimten Versen stecken immer wieder Überraschungen und ein Stück Lebensweisheit. Selbst Fußball-Höhepunkte weiß sie zu kommentieren. Lehnen Sie sich einfach zurück, und genießen Sie die Zeilen aus der Dichterschmiede!

mehr Informationen: http://www.heikes-reimkueche.de/
bestellen: h.wiezorek@gmx.de

Anekdoten treiben Blüten ...

Duftendes aus der Reimküche

Heike Wiezorek

2011, Edition Dorante, 120 Seiten

Heike Wiezorek, Spätberufene in Sachen Lyrik, erst vor einigen Jahren ent-
deckte sie ihren Hang zum (gereimten) Gedicht. Themen lauern überall: In der
Natur, ihrer Umwelt, in zwischenmenschlichen Beziehungen oder auch in der
Fabelwelt findet sie interessante Motive, die sie in neuen Zeilen verarbeitet.
Dies ist ihr dritter Bücherstreich. 2006 erschien ihr erstes Buch „... nur der
Maulwurf stört die Pracht. Heiteres aus der Reimküche". 2008 erschien der
Band: „Ein leichtes Sehnen stellt sich ein. Weiteres aus der Reimküche".

mehr Informationen: http://www.heikes-reimkueche.de/
bestellen: h.wiezorek@gmx.de

Die Ostroute

Erzählungen

Andreas Erdmann, Marko Ferst, Monika Jarju u.v.a.

256 Seiten, Edition Zeitsprung, 2014

Der Band beginnt und endet mit einer Erzählung über Wölfe. In der einen werden sie gnadenlos verfolgt, in der anderen sorgt ein Rudel weißer Tundrawölfe für arktische Jagdszenen. Andernorts kommt eine Ostroute ins Spiel. Wir erfahren mehr über das Schicksal eines jungen Rauschgiftkuriers im Iran, wie über seinen Lebensweg der Stoff der Stoffe richtet. Ein Ostseesturm sorgt für eine risikoreiche Segeltour. Von allerlei sonderbaren Abwegen weiß die Erzählung „Genervtes Anstehen für Liebe" aus Bulgarien zu berichten. Zur Sprache kommen die Erfahrungen von Heimkindern in der frühen Bundesrepublik. Grenzübertritte zwischen Ost und West und deren Folgen sind im Blick zweier anderer Beiträge. Wie man ganz legal schwarzfährt, erläutert Johannes Bettisch. Was passiert, wenn man ganz unerwartet von seinem chinesischen Firmenpartner zum Tanz aufgefordert wird?

Der Band enthält Erzählungen von Ali Amini, Johannes Bettisch, Andreas Erdmann, Marko Ferst, Elisabeth Hackel, Karin Heinrich, Monika Jarju, Tengis Khachapuridse, Norbert Klatt, Christine Koch, Carmen Mayer, Heide Rabe, Hans Sonntag, Dimil Stoilov, Lore Tomalla, Günter Wirtz, Gisela Witte und Angelika Zöllner.